王立アカデミーの最強で怠惰な魔法士
〜教師をすることになったクズ貴族、実は最強魔法士団の「英雄」でした〜①

楓原こうた

MONSTER
bunko

CONTENTS

プロローグ

『さぁ、殺せ！　野蛮な王国の民を根絶やしにするのだッッッ！！！』

広がる荒野に気合いと高揚を入り交ぜた声が響き渡る。

それに続いて訪れるのはドスの利いた雄叫びと、地面を踏む何千人もの足音。それらが向かっているのは、国境に敷かれた大きな砦。

「と、止めろっ！　ここから先は誰も入れるな……我らは王国の砦、何人たりとも王国の地へ足を踏み入れさすな！」

砦に立っている騎士達の背中から弓矢が飛んでくる。

突き刺さるのは騎士達と違う装束を纏った男達。しかし、立っている騎士達とは雲泥の差とも言えるほどの人数であった。

「くそ……ッ！　なんでこんな時にこんな規模の襲撃がッ！」

騎士の一人が壁を叩いて唇を噛む。

想定外、情報伝達不足。そこから生まれたのは、対応できないほどの脅威。

無論、ここは単なる国境に敷かれた砦。突破されれば国内の侵入を許してしまうものの、いずれ誰かに討伐される。

しかし、その間にどれほどの犠牲が生まれることか――

「魔法士隊！　どこでもいい、さっさと撃ちまくれッッ！！」

騎士の一人が背後に向かって叫ぶ。

背後にいるのは、ローブを羽織った十数人の人間。

「「「「この灼熱に焼かれ神への懺悔を望む！！！！」」」」

――魔法士。

誰にでもある体内の魔力を媒介とし、世に新しい事象として生み出す魔法を操る人間。

世の事象に影響を与える奇跡を扱うことから、技量と才能を求められ、魔法を扱える人間の数も少ない。

そんな魔法士達の頭上に巨大な火の玉が出現し、目の前に広がる少し粗い装束姿の人間へと降り注いでいった。

しかし、それまで。

何人かに直撃して燃え上がったものの、他の勢いは衰えず、絶えず雄叫びが続いてこちらに向かってくる。

(弓より魔法の方が優れている。しかし、これでも足を止めることはできないのか……ッ！)

一度だけでなく、二度目の魔法が放たれる。

だが、相手も学習したのか魔法が見えた瞬間に散ってそのまま避けていく。

数は減っている。とはいえ、止まることはない。

（このままでは、砦に辿り着くのも本当に時間の問題だ！）

砦には自分以外の騎士達もいる。

しかし、侵入されて攻められれば、こちらがいずれ全滅するのは、視界に映る人数で理解できる。

「ここまでか……ッ！」

騎士の頭の中に「時間稼ぎ」という言葉が浮かび上がった。

このことはもう報《しら》せを出している。受け取った人間が駆けつけてくれるまで、被害を出さないよう粘れば――なんてことを考え始めてしまう。

自分だって騎士だ。

誰かを守るために、この命を張ることの覚悟はできて――

「そんな覚悟、捨てちまえよ」

ふと、真横から声が聞こえた。

視線を向けると、そこには黒いお面で顔を隠した青年らしき男の姿。

甲冑ではない。ローブ……ではあるが、青年が纏っているローブは背後にいる魔法士達とは違った。

騎士の男も、背後にいる魔法士達も。突然現れた青年のローブを見て、思わず固まってしまう。

羽織っている黒色のローブ……そこに刻まれた鷲の首に突き刺さった剣の紋章。

それは――

「王国、魔法士団……ッ!? どうして、貴方様がここに!? まだ、報せは届いていないはずでは!?」

「俺は別に任務で来たわけじゃねぇよ。たまたま出くわして、手を差し伸べに来ただけだ」

青年は騎士の言葉を無視して、そのまま砦から落ちた。

少し先から迫ってくる軍勢からしてみれば、青年一人など取るに足らない。

しかし、青年が下りただけで砦からは歓喜が挙がった。

『よかった！　これでもう大丈夫だ！』

『まさか、王国魔法士団が来てくれるなんて！』

『しかも、あのお面……第七席の「英雄」様だろ!?』

何故歓喜が挙がるのか？　どうして、この人数差に先程までの焦りも恐怖も見せないのか？

騎士の男も、緊張感のない歓喜を止めることはない。

何せ――

「『遊人の来訪《イルス・アルスロット》』」

地面が割れた。少し粗い装束の軍勢すべてを落とす、先の見えない奈落が完成したのだ、青年が拳を地面に振り下ろしただけで。

（これが、王国最強の一人……ッ！）

騎士の男は息を呑まずにはいられなかった。

初めて目の当たりにする、圧倒的脅威。それでいて、圧倒的安心感。

たった一人が現れ、たった一つの行動で戦場一つを動かしてしまった。

砦から見下ろす騎士。それに対して、青年は自分で作りだした地割れを一瞥《いちべつ》して、砦に向かって顔を上げた。

「これで救われたか……って、聞かなくてもよさそうだな」

第一章　王国魔法士団、第七席

王族直轄部隊——王国魔法士団。

魔法の頂きに達した者のみが選ばれ、魔法を使う者であれば誰もが憧れる場所。

その実力は一人一人が戦場をも動かせる実力を持っており、現在人数はたったの十人。

そして、魔法士団の中で唯一素性が分からぬ者が在籍している。

王国魔法士団、第七席——つけられた名は『英雄』。

常に黒いお面で顔を隠し、颯爽と駆けつけては誰かを助けて、その場を立ち去る。

それ故に、背丈や扱う魔法でしか情報が得られず……唯一分かっている情報は、成人したばかりぐらいであろう青年であるということ。

名を轟かせた事件で有名なのは、南北で起こった戦争をたった一人の女の子のために解決したことだろう。

人々は彼に憧れ、素性が分からないからこそ惹かれ、助けられた者も多くいることから敬意と尊敬の対象となっていた。

そんな青年の正体だが——

「あーっ、クソ……自分から首を突っ込んだとはいえ、今日も過重労働じゃねぇか」

頬を掻き、少しばかりのため息をつく。

黒いお面の下では面倒くさそうな表情を浮かべているのだが、周囲はそれに気づくことはない。

何せ、そもそもの話……その周囲にいる人間が、すでに気を失っているのだから。

そして、一人まだ気を失わずにいられた男は、もはやお面の下にどんな表情があるか考える余裕もなかった。

「な、なんなんだよ……なんなんだよお前はぁぁぁぁぁぁぁぁぁぁぁッッ！！！」

「喚くなよ、野盗……こちとら、昨日は妹の買い物に付き合わされて睡眠時間が足りてないんだ。普通に頭に響く」

お面の青年──クロはゆっくりと人の手足が埋まった土塊の上から腰を上げた。

「安心しろって、別に俺はお前らみたいに殺傷を好んでやる戦闘狂《バトルジャンキー》じゃない。こうやって埋まってはいるが、単に気を失っているだけだ」

「そういう話じゃないッ！」

「じゃあ、何に対して疑問符浮かべてんだよ？　あれか、俺がなんでここにいるかって話なのか？」

人気のない路地裏で、野盗の男は後ずさるように壁際へと退く。

それは、目の前の惨事を生み出した人間から逃げたいという、生存本能が働いた故の行動だろう。

しかし、弱者を目の前にしてクロは足を止めることはない。

「情状酌量の余地なし。てめぇら、今まで何人攫って何人売ってきた？　俺が足を運ぶ理由なんて、てめぇらが用意しただけだろ」

男は知っている。

クロの羽織っている黒色のローブ……そこに刻まれた鷲の首に突き刺さった剣の紋章を。

それを羽織れるのは、戦場をも動かせる選ばれし者だけだということも。

そして、唯一素性が分からないお面を付けた人間——王国魔法士団、第七席。

この男が、あの『英雄』だということを。

「俺もクズだなんだって言われてるけどなぁ」

クロは男に向かって指を振る。

「てめぇらの方がよっぽどクズだよ……誰かの笑顔を奪うなんて狼藉、牢屋で悔いて改めろ」

すると男は何かを叫ぶ間もなく、一瞬にして土塊の中へと埋まってしまった。

顔だけは出ているが、完全に白目を向いてしまっている。

無理もない、隙間のない中に閉じ込められたのだ。生まれる圧迫は意識を保っていられるものではない。

「……さて」

　クロは男が気を失ったのを確認すると、ゆっくり背伸びをする。

「久しぶりの過重労働、頑張った者はさっさと布団の中に潜るべきだよなぁ。報告政務諸々後回しでいいだろ」

　──ここで改めて、関係者一部の者しか知らない『英雄』の正体をお伝えしておこう。

　クロ・ブライゼル。

　ブライゼル公爵家の嫡男であり、次期公爵家当主の人間。

　年齢は二十一であり、父と母、義理ではあるが妹が一人。

　好きなことは堕落を貪《むさぼ》ること。好きな時に寝て好きな時に遊んで好きな時に食べる。

　貴族にそぐわない性格をしており、規律や格式よりも己が自由であることを望む人種の類いであった。

　それ故に──

「……って、そういうことするから『クズ貴族』なんて言われるんだろうなぁ」

　社交界では腫れ物扱い。その悪名を知らぬ者はいない。

　公爵家という立場と、二十一という貴族の中ではそれなりにいい歳であるにもかかわらず婚約者がいないのは、正に彼の性格と風評のせいである。

　街を歩けば噂が立ち、皆に煙たがれる存在。

裏の顔である『英雄』とは、正《まさ》しく正反対だ。

とはいえ、それを本人は気にしているわけでもなく――

「まぁ、どう呼ばれようが知ったこっちゃないんだけどな」

というより、そう呼ばれていた方が助かる。

クロが魔法士団に加入しているのは、魔法士団の人間のみしか知らない。

素性がバレでもすれば、今まで煙たがっていた色んな人間が押し寄せることになってしまう。

そうなれば、自堕落な生活も離れていくことになるだろう。

自分はあくまで自由に生きたいのだ――魔法士団に加入していることを公にできない以上、

「こいつが『英雄』だなんてあり得ない」という状況はあった方がいい。

「さーて、さっさと帰って寝るかなぁ。こんなとこ、アイリスにでも見られたら面倒だし――」

見つかることなんてないと思うが、と。

クロはローブを翻し、誰かが来る前にそそくさと立ち去ろうとする。

すると、

「あ、兄様《あにさま》……？」

そんな声が、背後から聞こえてきたのだ。

（マ、マジで……？）

クロの背中に一瞬にして冷や汗が流れる。

それはもう、体中の水分でも使ってしまうのではないかと思ってしまうほどの汗。

クロは恐る恐る背後を振り返る。

そこには、自分とは似ても似つかない艶やかな銀の長髪をした可愛らしく美しい、学生服を着た少女が薄暗い路地裏に立っていた。

……えぇ、分かっているとも。

彼女の姿なんて一目見ただけで分かるさ。

(な、なんでアイリスがここにいるんだよ⁉)

アイリス・ブライゼル。

ブライゼル公爵家のご息女であり――血の繋がっていないクロの妹である。

そんな少女は、驚くクロを他所《よそ》にズカズカと近寄ってきた。

「兄様……兄様でございますよねっ⁉」

どうしてここに妹がいるのか……というのはひとまず置いておこう――

「そのローブ……まさか、兄様はあの王国魔法士団の人間なのでしょうか⁉　それに、この周囲にある土塊は確かあの『英雄』様の……ハッ！　まさか兄様が⁉」

それよりも、お面をつけて顔も分からないのに「兄だ」と決めつけて疑わないこの子を説得しなければッッッ！！！

「お、落ち着きなさい……何を勘違いしているか分かりませんが、僕はあなたのお兄様などではありません」

嘘である。

間違いなく見覚えのある顔で声の女の子のお兄様なのだが、クロは口調と声音を変えて知らぬ存ぜぬを貫いた。

しかし――

「はい？　私が兄様を間違えるわけなどないではありませんか」

首を傾げ、キッパリと否定された。

「い、いえ……本当にちが――」

「兄様の匂い、兄様の骨格、無理に変えても分かる声音、溢れ出る兄様感……総評して、私の兄様であることは確定です」

こういう子なのは知っていたけど怖いなと、兄様は思った。

「普段はだらしなく堕落しきっておりましたが……私は信じていました！　兄様は素晴らしいお方なのだと！」

アイリスがクロの腕に抱き着き、嬉しそうにはしゃぎ始める。

妹からこのようなことを言われて、嬉しく思わない兄はいない。

ただ、この兄は事情が事情であるからにして――

「えぇい、離せレディー！　可愛い女性が軽々しく男の腕にしがみつくんじゃありませんっ！」

「兄様だから大丈夫です！　さぁさぁ、このまま母上達の下に向かいましょう！　兄様が王国の魔法士団の一員だと知れば、きっとお喜びになられます！」

「よ、喜ばないんじゃないかなぁ……？」

「いいえ、絶対に喜んでくれるはずです！　そして、私との結婚も認めてくださるはずです！」

「認めねぇよ!?」

　クロは反射的に腕を振るい、一瞬にして距離を取る。

「あっ、兄様っ！」

　アイリスが少し悲しげな顔を浮かべる。

　クズと呼ばれている自分を慕ってくれる妹のこんな顔など見たくはないが、逆に慕ってくれている部分が仇になっている現状であるからして、胸の痛さをグッと堪える。

（やべぇ、本当に早く撤収しなければ……ッ！）

　そして、自身の周りを土のドームで覆う。

　すると――

「どっ、せいっ！」

アイリスはすぐさま回し蹴りでドームを壊す。

しかし、そこにはすでにクロの姿はなくて、

「もぅ……兄様ったら」

頰を膨らませて不貞腐れるアイリスの姿だけが、路地裏に残るのであった。


野盗を捕えた路地裏とは別の路地裏にて。

地面から土のドームが生まれ、そこからローブを羽織ったお面の青年が姿を現す。

そして、その青年はすぐさま近くの木箱へと腰を下ろし、そっと天を仰いだ。

「やっべぇ、バレたー」

今までバレずにやって来れたのに。

妹でなければ気づかれないはずなのに。

見つかってしまったのは、異常に慕ってくれている女の子で――

「これからどうすっかなぁ……」

クロはお面をそっと外して、路地裏で一人嘆くのであった。

◆　◆　◆

クロがクズ貴族と呼ばれている由縁をお話ししよう。

「おーい、早く水持って来てくれー！」

日が沈み、辺りが暗闇に包まれた頃。

ブライゼル公爵領のクロの部屋から、持ち主の声が廊下まで響き渡る。

主人の声を聞いて無視するわけにはいかない。聞いた使用人は少ししてクロの部屋へと姿を見せた。

「……クロ様、水をお持ちしました」

メイド服を着た使用人がコップに入った水をクロに近づいて手渡す。

クロは水を受け取ってそのまま飲み干すと、そのまま再びベッドへダイブした。

「はしたないですよ、クロ様」

「まぁ、そんな固いこと言うなって。お天道様が顔を見せてる時間帯だろうが、そこにベッドがあれば惰眠を貪っても許してくれるさ」

メイドの女が明らかなため息をついた。

堕落。若者は学び舎で勉学を、大人は社会で働いているというのに、この男だけはそのどちらにも属しようとしない。

恵まれた家のすねを齧《かじ》り続け、己の思うままに行動している。

無論、貴族――それも公爵家の嫡男であるクロに仕事がないわけではない。

ただ、今メイドの視界に映っている姿の通り、がっつりボイコットを決め込んでいるのだ。

「……せめて手紙のお返事ぐらい書いてください。期日が迫っているのです」

「それぐらいなら」

クロは水に続いてメイドから一つの手紙を受け取り、乱雑に封を開けた。

「パーティーの出席、ねぇ？」

中身は知っているようで知らない貴族のご子息からのパーティーへのお誘いであった。

もちろん、知っているようで知らない……と言いはしたが、単純にクロが覚えようとしないために記憶から抜けているだけ。

すなわち、完全にクロの興味の対象外である。

「こんな『クズ貴族』で有名な俺をパーティーに誘うなんて、正気じゃねぇな」

「ノーコメントです」

「ふむ」

クロは顎に手を当てて少し考え込む。

手紙の返事でも考えているのだろうか？　メイドの女性は少しだけ胸を撫で下ろ――

「……金輪際、手紙がこないような返事の書き方って知ってる？」

「………………」

このクズめ、なんて内心で思ったメイドであった。

（まったく……せっかくあなたのようなクズを厚意で誘っていただいたというのに。少しはアイリス様を見習っていただきたいものです）

メイドの女性は諦め、踵を返して背中を向けた。

「お返事が書けたら仰ってください。ちなみに、必ず本日中にお願いしますね」

パタン、と。部屋の扉が閉まる音が聞こえてくる。

口煩いメイドがいなくなり、クロはベッド脇にあるテーブルに速攻で手紙を放り投げた。

（こう見えても、ちゃんと世のために働いているんだがなぁ）

というより、今日も働いた。なんだったら悪党を捕まえて戻ってきたばかり。

故に、こうしてダラダラ過ごしていても文句は言われないはずなのだ。

（まぁ、それを言い出したらこの先の未来、馬車馬への道が開かれてしまうわけなんだが。なら、このままの評価でいた方がずっと楽）

クロが『英雄』と呼ばれる魔法士だと知られれば、周囲の目は一変する。

魔法士として世のために働かされ、貴族の超優良物件として各種方面に顔を出していかなければならない。それこそ、悩みに悩んだ返事を書かなければならない手紙が今以上に届くことだろう。

つまり、自堕落ご所望なクロにとっては、どれだけ非難の目を浴びようとも現状の方がいいのだ。

ただ――

「思いっきりアイリスに見られちゃったんだよなぁ……ッ！」

思い出すのは、今日の出来事。

悪党を捕まえている最中、ばったりと妹に出くわしてしまったのだ。

お面をつけていた、マントも羽織っていた。素性はできるだけ隠していたのだが……どうやら、向こうはかなりの確信をお持ちのようで。

「……寝よ」

一度寝てしまえば、もしかしたら夢オチでそんなことはなかったことになるかもしれない。

なんて現実逃避的な思考を抱いたクロは、返事を書くこともなくそのまま瞼を閉じたのであった。


――クズ貴族と呼ばれるクロの朝は意外と早い。

それこそ、貴族のご令嬢ご子息がアカデミーへ通う準備をするぐらいには、すでに起きて一日の活動を始めている。

　不思議に思うだろう。

　怠惰な日々こそを至上と考えるクロが惰眠を貪らないだなんて。

　まぁ、早く寝すぎて目が覚めてしまっただけなのかもしれない。

　しかし、これにはちょっとしたワケがあった——

「兄様」

　チュン、チュン、と。小鳥の囀《さえず》りが聞こえてくる頃、ふとクロは目が覚めた。

　何故目が覚めたのか？　それはもはや言うまい。

　瞼を擦りながら、まだ惰眠を貪れると足掻くかのように体は寝かせたままで少し嘆いた。

（クソ……なんか嫌な夢を見たぜ）

　そう、何かとっても嫌な夢を。

　具体的に言えば、妹に『英雄』としての姿を見られて正体がバレてしまったみたいな。

　できれば夢であってほしい……うん、きっと夢だそうに違いない。

　そんなことを願いながら、クロはゆっくりと目を開ける——

「あら、兄様……おはようございます♪」

　すると、己のうえに跨る露出の多いネグリジェ姿のアイリスがあった。

「…………」

ここで動じるほど、クロはもうお子ちゃまではない。

まず第一に、アイリスを退かしてシーツの中を確認する。

どうしてシーツの中を確認するかって？

そんなの、ナニが使われたかどうかの形跡がないかどうか、しっかりと確かめる必要があるのだ家庭内崩壊を誘発しないためにもッッッ！！

「ふぅ……危ない。今日もお兄ちゃんはお兄ちゃんとしての一線を守れたようだ」

「むぅー、それより兄様。美少女シスターを問答無用で退かした行為について文句があります」

「文句を言いたいのは、狼さんに『襲われてください』と言わんばかりの格好で、上に乗っかってくる妹の方なんだが⁉」

家族としての関係が危なくなるラインを平気で越えようとして来るアイリス。

可愛い妹は兄のぞんざいな態度に、可愛らしく頬を膨らませるのであった。

「兄様」

「ん？　なんだ、アイリス？　これ以上反論があるなら親を交えて会議を開く必要があるぞ？」

「血は繋がっていないので、法的には問題ないと思うのですが、そうではなくて」

問題しかないように思えるが、アイリスは長い銀髪を纏めながらさり気なく口にした。

「兄様、いつから王国魔法士団に入られていたので？」

……。

…………。

「あ、あっれー……おっかしいなー。夢から覚めたはずなのに夢のお話が現実に現れちゃったぞぅー？」

「兄様、ガッツリ昨日のお話です。ただ昨日は兄様が早くも爆睡決め込んでいたために、ネグリジェ姿でお出迎えとお話ができなかっただけです」

蠱惑的な姿で兄を待つ妹やいかに。

「さぁ、白状してもらいますよ兄様！　兄様が素晴らしいお方だというのはこの世が生まれる前から知っておりますが、流石の私も説明を要求します！」

「ま、待て待て待て、アイリス！　君は勘違いをしている……俺は昨日、一日中娼館でハッスルしていたため、アイリスと遭遇していなかった。きっと見間違いだ！」

クロは必死な形相で訴えかける。

しかし、そんな訴えを受けたアイリスは何故か鼻で笑った。

「私が兄様を間違えると？　ハッ、あり得ませんね……兄様の身長から体重、体臭から性癖に至るまで私は網羅しているのですよ？」

「そこまで知られるのは流石に怖いよ」

体臭と性癖に関しては今すぐにでも忘れてほしいクロであった。

「まぁ、落ち着けってアイリス。本当に君は勘違いしている」

クロはアイリスの肩に手を置き、今度は諭すように口を開いた。

ここでアイリスに確信を与えてはいけない。何せ、こんな性格なのだ——自分の兄が実は皆から尊敬される人間だと知れば、すぐさま変な方向に走り出すだろう。

事と次第によっては、本当に自堕落ライフが壊滅してしまう恐れがある。

だからこそ、クロは今までに浮かべたこともない真剣な眼差しをアイリスへ向けた。

「いいか、俺は——」

「ダウト」

「別に『英雄』なんかじゃ——」

「見苦しいです」

「せめて何かを言わせてくれません⁉」

取り付く島もなかった。

「兄様、私は知っているのです……確かに普段は寝てばかりで、ロクに公務も政務も行わない噂通りの人間ではありますが、兄様が心優しく、誰かのために行動できる尊敬に値するお方なのだと」

「いや、俺は別にそんな大層な人間じゃないぞ？」

「いいえ、否定します——何せ、兄様は私を救ってくれたではありませんか」

アイリスは見惚れるような、お淑やかで心の底からの笑みを浮かべた。

「兄様は私の『英雄《ヒーロー》』です。これ以上の説得力がありますでしょうか」

クロはそんな妹の笑顔を見て、思わず押し黙ってしまう。

それはたとえ家族であっても、女の子として。異性として魅力的な笑顔を向けられたからだろう。

真っ直ぐと向けられた確信を受けて、クロは少しだけ天を仰ぐ。

そして——

「あーっ！　わーったよ、俺の負けだ！」

クロは思い切り投げだすかのように大の字になって寝転んだ。

「はいはい、王国魔法士団、第七席をちょうだいしております、クロ・ブライゼルです！　これでいいか⁉」

「はいっ、隠し事なしになってアイリスは嬉しく思います♪」

アイリスはネグリジェ姿のまま、クロの腕を枕にするように寝る。

相変わらずの妹からのスキンシップを受けて少しだけ胸が高鳴ったが、一線を越えるまいと平静を装う。

「でも、絶対に誰にも言うなよ？　自慢話もなしだ。俺はあくまで自堕落な生活をご所望なの」

「ですが、すでに魔法士団に加入していれば任務のせいで自堕落な生活とは程遠いのでは？」

「単に人助けをしやすいから入ってるだけで、積極的に任務を振ってもらっているわけじゃない。そもそも、そういう話で席に座っているだけだからな」

「なるほど、隠し切れない優しさと堕落な性格が上手いこと噛み合った契約内容なのですね」

好きな時に助け、好きな時に休む。

ある意味矛盾しているかのように思えるが、それで成立しているので問題はないのだろう。

アイリスもそれは納得したのか、一人顎に手を当てて考え始める。

「そういうことであれば、私も兄様の意見を尊重しましょう」

「流石だな、アイリス。物分かりがよくて助かったよ」

「父上と母上に話して兄様の評価を上げたうえで、私との婚姻を強引に結ぼうとするのも控えましょう」

「本当に物分かりがよくて助かったよ」

てっきり、発言通りの結果になるかと思っていたが、存外話が通じるようでホッと胸を撫で下ろすクロ。

「つきましては兄様、少し私と取引をしませんか？」

いでしょうか？」

「任務を受ける受けないが自由なのであれば……我がアカデミーの教師になってはいただけな

そんなことを、言い始めた。

そして――

「ん？」

王立アカデミー。

王国建国から続く由緒正しき学び舎は、王国一を誇り、貴族のご子息ご令嬢が多く集まる場所である。

大抵の貴族はこの場所に通い、武力を鍛え、知識、教養を学んで社交界へと羽ばたく。

それ故に、通う人間も教える人間もそれなりに地位や高い水準を越えた者しか足を踏み入れることはできない。

そんな場所に――

「いやいやいや、アイリス無理だろ君は何言ってんの？」

場所は変わって、公爵家の食堂にて。

学生服に身を包んだアイリスにジト目を向けながら、クロは口にした。

しかし、アイリスは「何がいけないのか？」と、可愛らしく首を傾げる。

「はて、何もおかしなことなど口にしたつもりはないのですが……」

「どう考えてもおかしいだろ。なんで俺がアカデミーの教師になるって話になるんだよ嫌だよ普通に」

クロの悪名はそれはもう酷い。

社交界に顔を出せば確実に腫れ物扱いは間違いないほど。

そんな人間が格式あるアカデミーの教師などすれば、バッシングは間違いないはず。

それが分からん妹でもないだろうに、と、クロは肩を竦める。

しかし――

「王国の魔法士団に加入するような人間が教師になれないのであれば、今頃アカデミーに魔法の授業はありませんね」

「待って、そこは暴露する方針なのか⁉」

「はい、そのつもりですが？」

黙ってくれるって言ったじゃん。

話が分かる義妹の急な手のひら返しにさめざめと泣いてしまうクロであった。

「私は母上達からお願いされております……兄様が、立派な大人になれるようサポートしてやれ、と」

「……どうせバラすんなら、もう王国魔法士団の肩書だけでいいじゃん」

「何を仰いますか！　それだと四六時中一緒にいられないですよ⁉」

「ちくしょう、そっちが本音か……ッ！」

教師になれば、生徒であるアイリスとは共にいられる。

普段家にいるクロとは日中過ごす場所が違うので、環境を同じにすれば一緒になれるという魂胆。

妹の強かさがこんなところで発揮されてしまった。

「実際のところ、前任の教師が二人も定年で辞められたばかりで、生徒会長としては後任を見つけなければならないのが目下の急務なのです」

アイリスは、貴族のご令嬢ご子息が集まるアカデミーのトップである生徒会長だ。

こんな「兄様Ｌｏｖｅ♡」な雰囲気を醸し出しているが、実際のところアカデミーでの人気は凄まじい。

それも何百人もいる生徒のトップに選ばれた理由の一つだろう。

クロは常々思う。アイリスが優秀なのは知っているが、こんな性格の持ち主だと大衆に露見した時どうなってしまうのか、と。

「そういうのってさ、普通アカデミー側が用意するもんじゃねぇの？」

「兄様の言う通り、本来であればアカデミー側が用意してくれます。ですが、今回は中々苦戦していうようでして……」

「どして？」

「今回、アカデミーは豊作と呼ばれているのです。第三王女様や第四王子様、私や他の公爵家の方々もおられます。普通に考えて、そんな人間に教えて何かあった時……怖いなとは思いませんか？」

「まぁ、確かに言われてみれば」

アカデミーの教師になるのは、誇らしいことだ。

優秀な者ばかり集まる場所で教鞭をとるということは、己も優秀である証。本来ならこぞって希望者が手を上げそうなものなのだが、その過程で何かが起きてしまえば、もちろん責任は自分が取ることになる。

その責任を取らなければならない相手が貴族社会のトップクラスともなれば、怖気づくのも無理はないだろう。

「っていう話なら、俺も嫌なんだけど？」

「兄様はすでに失うものがありませんので」

「あるわ」

自堕落な生活やら公爵家としての立場やら色々。

クズにだって、守らなければならないものはあるのだ！

「というより、たとえすべてを失ったとしても……私がおります。やめる時も健やかなる時も、片時も離れないことを誓います！」

「やめろ、結婚式場でしか聞かないワードを兄妹間で羅列するんじゃねぇ！」

「では、誓いのキスを……」

「何故進行しようとするんだお前はッ⁉」

唇を尖らせ、今か今かと兄からの愛をもらおうとする妹。

容姿は群を抜いて整っているのに、どうしてかまったく唇を合わせようとする気にはなれなかった。

「ふふっ、つれない兄様」

「お前、マジで家庭内の環境を崩壊させようとするなよ……父上と母上の胃に穴が開いたらお前のせいだからな」

「あら、すでに兄様のせいで開きかけているように思えますが？」

「ようーし、この話題はやめようぐぅの音も出ない！」

クロは誤魔化すかのように朝食を食べ始める。

そんな子供らしい姿を見て、アイリスは思わず口元を緩めてしまった。

「話は戻しますが、兄様」

アイリスはフォークをテーブルに置いて口にする。

「お話、受けていただけないでしょうか？」

妹からの珍しいお願い。

それを受けても、クロは食べることをやめずキッパリと断る。

「嫌だね、正体バレるのも嫌だし。何より、教師になったら寝れないし遊ぶ時間も少なくなるし」

「むぅー……まぁ、兄様がそう仰るのは分かっておりましたけども」

不貞腐れたように、アイリスは再び朝食を食べ始める。

引き下がってくれたのが分かったのか、クロはホッと胸を撫で下ろ——

「……いつ婚姻の話をしましょうか。兄様が『英雄』というネタを持っていけばわんちゃん母上達も……」

「よ、よぅーしっ！　可愛い妹のお願いを聞かないお兄ちゃんはいないもんな、うんっ！」

——す前に、盛大に首を縦に振った。

「ふふっ、ありがとうございます。流石はお兄様です♪」

「……なぁ、一応諭すことでもないけどさ。これって取引じゃなくて脅迫だからな？」

とはいえ、そんな字面だけの違いをアイリスが気にするはずもなく。

誰もが見惚れそうな、歳相応の笑顔をアイリスは浮かべるのであった。

◆◆◆

「ふぅーん……そんなことになってたの」

靡くプラチナブロンドの長髪。

黒く染まった槍に串刺しにされている巨大な龍のうえで、一人の女性が足を組んでクロを見下ろしていた。

美しく、凛とした佇まい。アイリスとはどこか違う、大人びた上品ある雰囲気。

整いすぎている綺麗な顔立ちは、同性の中でも群を抜いているほど。

「お兄ちゃん大好きっ子なアイリスが考えそうなことね」

荒れ地となった人気のない山の中で、クロはそんな女性の視線を受けて大きなため息をついた。

「そうなんだよ……はぁ、マジで憂鬱」

「まぁ、自堕落希望のあなたからしてみれば、教師なんて単なる面倒事だものね」

龍の亡骸のうえに座る女性は頬杖をついて肩を落とすクロを見つめる。

「そういえば、うちの妹と弟も今在籍してたっけ？　そっか、授業参観があればあなたと面接しないといけないのか」

「おいマジでやめろよ……王族に囲まれるシチュエーションとか胃に穴が開き放題だろうが」

カルラ・キュースティー。

この国の第一王女であり、王国魔法士団の第八席に座る女性である。

そんな女性の妹弟となれば、間違いなく頭が上がらない人種の人間であることは間違いない。

腫れ物扱いされてきたからこそ社交界に顔を出してこなかったクロとしては、相手にしたくないお偉いさんだ。

「そもそも、あなたがアカデミーに通うだけで各種方面からバッシングは確定なんでしょ？　だったら、もう開ける胃もないと思うけれど」

「マジでそれなんだよなぁぁぁぁぁぁぁぁぁぁぁぁぁぁぁぁぁぁぁぁぁぁっ！！！」

人気のない山にクロの叫びが響き渡る。

なんというか、かなり切実そうな声だというのが伝わってきた。

何せ「はい授業しまーす」と言ったところで「は？　なんでこいつの授業受けなきゃいけねぇんだよまともに教えられるわけねぇだろ」とヤジが飛ぶのなど目に見えているからだ。

「アイリスは俺が『英雄』っていう要素だけでゴリ押そうとしているらしいし……そんなに偉いもんかね、生徒会長ってもんは？」

「それはそうでしょ」

カルラは龍のうえから降り、そっとクロの横に座る。

「王国一の学び舎。そのトップに座っただけで社交界では泊がつくの。あなたは滅多に顔を出さないから知らないでしょうけど、あの子って社交界でかなりの発言力があるのよ？」

「俺の知らない間に妹がアイドル枠……」

「おかげで、婚姻のアプローチも多いんだとか」

「ふむ……その話を詳しく。具体的には、俺のお眼鏡に適う人間がいるかどうかの情報を――」

「黙りなさい、シスコン」

妹も妹だが、兄も兄で大概であった。

「まぁ、だからある程度は妹さんのおかげでどうにかなるんじゃないかしら？　実際、あなたぐらいの力があれば、どこぞの教師よりかは優秀でしょうし」

「俺、誰にも魔法教えたことないんだけど……」

「そこはほら、ノリと勢いでなんとかするしかないわ」

「俺の人生を夕日に向かって駆け出す青春と勘違いしてねぇか？」

そんな根性論でどうにか自堕落ライフ問題が解決するのであれば苦労はしない。

ぶっちゃけ、こうして市民の脅威を勝手に取り除いていた方が幾分かマシなのだ。

「諦めなさい、あなたが任務外で人助けしちゃったのが原因なんだし」

「ぬぐっ！」

「お優しいのは結構だけれど、少しは自分の将来でも考えることね」

知り合いからの突き放し。

それと、脳裏に思い浮かぶ家庭崩壊の危機を誘発するであろう提案《きょうはく》。

考えることや問題が山積みになったことで、クロの心はさらにナイーブになってしまった。

「(……早く私の夫《もの》になってくれれば、色々手を貸してあげるのに)」

「ん？　何か言ったか？」

「なんでもないわ、鈍感さん」

はて、なんのことを言っているのだろう？

クロは思わず首を傾げる。

しかし、またしても脳裏にアイリスのことが――

「あーっ！　妹が婚姻をチラつかせなきゃ、スルー決め込んでほとぼり冷めるまで逃げてたのにーー！」

「ちょっと待ちなさい」

「ぺっ⁉」

突如、クロの襟首が引っ張られる。

誰がそんなことをしてきたのか……これは言わなくてもいいだろう。

視線を隣に向ける。そこには、何やら重大な問題でも発覚したかのような真剣な瞳を向ける美人さんの姿があった。

「あなた、妹さんに婚姻を迫られてるの?」

「お、おぅ……あいつ、愛の重いお兄ちゃん大好きっ子だから」

「か、家族よね?」

「あいつの理論では、自分は養子だから関係ないとのことらしい」

実際に、クロとアイリスは血が繋がっていない。

女の子は一人ぐらいほしいという簡単な理由で孤児院から引き取ったのがアイリスなのだ。

色々評判やら体裁やらで問題はあるものの、国の法律上は婚姻も結婚も問題はない。

まぁ、あとは当人と家族のお気持ち次第ではあるが。

「……なるほど」

カルラはクロの話を聞いて一人考え込み始める。

「(あの子がお兄ちゃん大好きっ子なのは知ってるけど、まさか異性としても見ているとは……流石に予想外だわ)」

「あ、あのー……カルラさん?」

「(普段一緒にいられる私が周囲よりもリードしているかと思ったけど、アイリスが来るとなると話は別よね。こいつ、なんだかんだいってシスコンだし、アカデミーで何が起こるか分からない……)」

「ぐすん、もういいです……」

一人の世界に入ってしまったことで放置されたクロ。

情けなくも、さめざめと泣いてしまう。

その時、ようやくカルラが現実世界に帰ってきて――

「……ねぇ、今二人、教師枠に欠員があるのよね？」

「ぐすん……アイリスの話だとらしいっす」

「そう……」

そして、またしても少しばかり考え込み始め。

少しの時間が経つと、徐《おもむろ》に顔を上げてこう言い放ったのであった。

「よしっ、なら私も教師をやるわ！」

「……はい？」

第二章　王立アカデミー

さて、なんだかんだ一週間が経過。

本当に教師不在が目下の問題なのか、クロは早速アカデミーに足を運ぶこととなった。

「……ネクタイとか久しぶりに着けた」

広大な敷地に豪華な風景。

聳え立つ校門を抜けて先に見える校舎までの道を、クロはネクタイを緩めながらガックリと肩を落として歩いていた。

「きゃーっ！　兄様、素敵でございます♡」

なお、横を歩いているアイリスは瞳をハートにさせていた。

「なぁ、マジで考え直さね？　見ろよ、このだるさに満ち溢れた俺の姿を……とても由緒正しきアカデミーで教鞭をとるような男には見えないぜ？」

「何を仰いますか⁉　兄様こそ至高！　至高こそ兄様！　王国魔法士団の『英雄』である兄様が教鞭をとらずして、一体誰が教鞭をとるというのですか⁉」

「そこら辺の魔法士にでも教えさせといたら？」

「兄様を差し置いて矢面に立つ人間など、馬の糞でも食べさせておけばいいのです」

その発言をもしもどこかの魔法士でも聞いていれば、涙ものだろう。

しかし、そんなこと気に留めないアカデミーのトップは、相も変わらずクロの珍しいネクタイ姿に目を輝かせていた。

「ちくしょう……マジでアカデミーだよ。もう二年前ぐらいに卒業したはずなんだけどなぁ」

「ふふっ、いかがですか兄様？　青春の一ページを改めて刻む、とびっきりの美少女との学園デートは？」

「相手が家族じゃなかったら、涙ぐみながら喜んでたよ」

っていうか、ただ一緒に登校しただけだろ、と。

なんでもかんでもピンク色に染め上げる妹を見て、小さくため息をついた。

すると――

『ねぇ、アイリス様よ。相変わらずお美しい』

『でも、あのアイリス様と一緒に歩いている男性……』

『ええ、あのクズ貴族と悪名高いお兄様では？』

『一緒にいるということは、まさかアイリス様が仰っていた話は本当……？』

アカデミーに通う生徒達のチラホラとした会話が耳に届いた。

分かってはいたが、あまり歓迎されていないような雰囲気が漂っているように思える。

ただ、クロは少し飛び出たワードに対してふと疑問に思った。

「あぁ、私が兄様の素晴らしさを全校生徒の前で説いたのですよ」

「何しちゃってんの⁉」

知らぬ間に評価が荒らされていたことに、クロは思わず驚いてしまう。

「兄様がアカデミーで働くのであれば、生徒会長として……いいえ、兄様を愛する者として、兄様が通いやすい環境を作る責務がございますっ！」

「だからといって全校集会で演説するか普通⁉　もうそのレベルで広められたらどんな内容だったのか怖くて聞けねぇよ⁉」

「えーっと……私はただ、兄様の身長体重性癖から始めまして――」

「それ以上はもう言うな！　出だしから紹介するワードとしては不適切すぎるッ！」

絶対に変な噂が立っていそうだと、クロは始まる前から「面倒くさい」以外のナイーブな原因が生まれてしまった。

「というわけですので、すでにもう一人と兄様が魔法の授業を担当する教師だという話は皆も事前に知っておりますのでご安心を」

「何もご安心じゃねぇよ……」

ご安心できる要素がないというのに、安心できるはずもなし。

ガックリと肩を落とす横で、アイリスは嬉しそうに腕に抱き着いてくる。

本当に嬉しそうだというのは、愛くるしい顔を見れば一目瞭然であった。故に、なんだかんだ妹が大好きな兄としては「仕方ないな」と、何度目かのため息をつくだけに留める。

「……んで、さっきチラッと話に出たけどさ、結局俺は魔法講義の担当をすればいいわけ？」

「はい、その通りです。兄様も通っていたのでおおよそは分かっているかと思いますが、王立アカデミーは全授業選択制……そのうちの一つを兄様が担当する形になります」

アカデミーでは、各々が好きな授業を選択するような形になっている。

剣術、馬術、教養、数学、経営、ダンス、マナーなど。必要に応じて選択し、それぞれの試験で一定数の成績を収める。

もちろん、授業は学年ごとによって内容は違う。故に、あまりクラスという概念が存在せず、最低限の単位と成績さえあれば好きな授業だけで勝手に進級できるという珍しいスタイルを取っている。

「もちろん、魔法や剣術の授業は人気授業です。まぁ、皆さん若者ですから『強くなりたい』という英雄願望があるわけですし」

「そういうアイリスは、魔法の授業を取っているのか？」

「当たり前です！　兄様の授業を受けないなどという選択はありません！　去年は取りませんでしたが今年は生徒会長権限を使用して強引にねじ込みました……ッ！」

職権乱用甚《はなは》だしい妹である。

「まぁ、アイリスがいるのはいいとしても……ちゃんと俺にできるもんかね？」

あとは、単純にどうサボれるかどうかが気になるところだ。

とはいえ、上手くサボるにはある程度最低限仕事はこなさないといけない。

一方的なお願い《きょうはく》だったとはいえ、下手な授業でもすれば社交界の人気者であるアイリスの顔に泥を塗ってしまう恐れがある。

そのため、初めだけでも授業はちゃんとしなければならないのだが……己の悪名のこともある。これから受け持つ生徒がちゃんと授業を受けてくれるか心配なのだ。

「兄様、お任せください」

すると、抱き着いていたアイリスが自信満々な顔を浮かべる。

その表情を見て、長年一緒に過ごしてきたクロは「手助けをしてくれる」のだと解釈した。

(アイリスがサポートしてくれるなら、大丈夫……なのかね？)

クロが妹の顔に泥を塗らないよう気遣っているのと同じで、アイリスもまた己のことを気遣ってくれるだろう。

何せ、こうして働くのもアイリスの発言《きょうはく》があってこそ。

加えて、兄様ラブな妹が手伝いをしないとは考えづらい。むしろ、積極的に協力してくれるはず。

今更ながらに思い直し、アイリスの頼もしそうな顔を見て――

「不満がある輩は私が秘密裏に処理しますので」

――余計に不安になったクロであった。

「二年ぶりかぁ、ほんと」

クロも一応は王立のアカデミーには通っていた。

国を牽引する貴族の筆頭……その一家に生まれたのであれば、それなりに格式あるところで学ばなければいけない。

時折抜け出して授業をサボったり、堂々と一日中寝ていたこともあったが、おおよその仕組みや施設は覚えているもので――

「懐かしいなぁ……首を絞めつけるネクタイがなければ、学生に戻った気分だったんだが」

「緩め切っているネクタイに締め付けられたような感触はありませんよ、兄様」

大きな校舎へと入り、アイリスに連れられるがまま歩くクロ。

やはり悪名は貴族内ではかなり有名。歩いているだけで通り過ぎる生徒からの冷たい視線を浴びせられる。

とはいえ、そんなことはとっくに慣れているわけで。

気怠そうに欠伸を一つしながら、何年か前に通っていた頃の懐かしさを思い出していた。

すると――

「兄様、こちらです」

アイリスは立ち止まり、一つの扉に手をかける。

その扉につけられているプレートには『応接室』と書かれており、とりあえずの目的地なのだろうというのが分かった。

ただ、クロは案内された場所を見て首を傾げる。

「普通は学園長とかに挨拶するんじゃねぇのか？　ほら、教師枠だし」

「学園長はしばらく国外でお仕事をされておりますので、欠席です。もちろん、すでにお話は通しておりますので、問題ないですよ」

久しぶりにあの婆さんに会えると思っていたんだがなぁ、と。

少しだけ期待していたクロはちょっとだけ肩を落とした。

「さぁさぁ、お入りください兄様♪」

自分の部屋に招く乙女のように、上機嫌なアイリスは応接室の扉を開ける。

中は意外と大きく、ソファーやテーブルが中央に鎮座。さらに窓際には執務机が置いてあり、壁にはびっしりと肖像画が飾られている。

「あぁ、まさかカルラ様と共に教鞭をとる日が来ようとは！」

テーブルの前でテンションが上がっている小太りの男が一人。

その視線の先には、面倒臭そうに頬を引き攣らせるプラチナブロンドの髪をした美人が立っていた。

扉が開いたことに気づいたのか、その美人さんはクロの方に視線を向け――

「（助けなさい）」

「（いきなり言われても）」

――アイコンタクトでそんなヘルプサインを飛ばしてきた。

「ささっ、兄様！　こちらにお座りください。私がこれから労いを込めて、紅茶をご用意いたします♪」

「私にも出しなさいよ」

「あなたはそっちの接待でも受けていればいいんです」

ヘルプサインを受け取っていないとはいえ、堂々とスルーを決め込むアイリス。

どうやら、小太りの男や第一王女よりも兄様優先のようだ。

「アイリス、この男はまさか……」

「事前にお伝えしていた通りです、私の兄様でこれから魔法の授業をそちらの王女様と担当してくださる方ですよ」

カルラに続いて開いた扉に気づいた小太りの男が、チラッとクロの方を見る。

見た目やアイリスを呼び捨てにしているところを見るに、この男も教師なのだろう。

男は舌打ちをすると、すぐさま紅茶を淹れ始めるアイリスへ駆け寄った。

「考え直せ！　あのクズ貴族が魔法など教えられるはずがない！」

「あ？　今、私の前で兄様を侮辱しましたかゴラ？」

「あなたの妹って、本当に相変わらずよね」

「自分で言うのもなんだが、将来が心配になるぐらいだな」

男から解放されたカルラとクロは、他人事のように額に青筋を浮かべるアイリスを見た。

しかし、当の怒気を向けられている男はそれに気づかないようで。

「カルラ様は分かる……あの王国魔法士団の第八席で、皆の畏怖と尊敬を浴びている第一王女様なのだから！」

「それを言うなら兄様も同じです。同じ第七席……それも人を救ってきた回数で言えばダントツトップの『英雄』ですよ？　何がご不満なのです」

「だから、それは君の勘違いだ！　あの『英雄』様がこんな男なわけがない！」

結構言われており、普通に事実ではあるが、クロはそっと気にせずソファーへ座る。

「反論しなくてもいいの？」

「いや、だってこのまま教師の話がなくなってくれた方が嬉しいし。どちらかというと妹の擁護よりも、あの男を応援したい」

というより、やっぱり反対意見はあったらしい。

確かに、悪名高いクズ貴族がいくら学園長から許可をもらったとはいえ、いきなり生徒会長権限で教師にでもさせられたら不満も挙がる。

何せ、ここは由緒正しきアカデミーなのだ。そこで働く人間も、それなりにプライドと信念を持っているはず。

それが許せないと思う人間がいて当たり前。

できればこのまま話が水に流れないかと、クロはそっと話に耳を傾け――

「あまりこのようなことは言いたくないが、どうして君はあの兄を慕っている？　正直、ガッカリだよ……君の目は節穴としか言いようがなぶべらっ⁉」

そして、小太りの男が窓を突き破って吹き飛んだ。

「へ？」

「あらら……」

いきなりのことで呆気に取られるアイリスと、横で苦笑いを浮かべるカルラ。

その間には、室内を圧迫するかのような土の柱が窓を突き破って伸びており――

「俺を馬鹿にするのは構わねぇが、妹を馬鹿にしてんじゃねぇよ」

一人青年だけは足を組んで苛立ちげな声を漏らした。

「あぁっ！　兄様！　もしかして私のために怒っていただけたのでしょうか⁉　私はとっても感激です！」

そんな姿を見て、目をハートにしながら少し苛立っているクロの腕に抱き着くアイリス。

応接室には大きな穴が壁に開いており、外から丸見えの構図になっているのだが、本人はそれどころではないようだ。

「……シスコン」

「……悪かったって」

一方で、横では綺麗な女性からのジト目が。

妹に抱き着かれている構図もあり、クロは苛立ちが治まって、なんともいたたまれない空気を感じていた。

「……んで、アイリス？　風通しのいいこんなところに集まって何をするんだ？」

「風通しをよくしたのは兄様ですが、可愛い妹は気遣えるレディーです。これ以上はお口にチャックいたします」

全然チャックできていなかったんだが、というツッコミを気遣える兄はもちろんしない。

アイリスは立ち上がると、入口の傍に置いてあったクローゼットを開けて二つのローブを取り出した。

いつも自分達が着ている王国魔法士団のローブとは違う。真っ白で、大きくアカデミーの紋が縫われている。

このローブを、もちろんクロもカルラも知っていた。

何せ、自分達が通っていた時に教師の人間が着ていたのと同じで――

「こちらをお渡ししたかったのです。今日から兄様達は立派なアカデミーの先生ですから」

「まさか、私がこれを着る日が来るとはねぇ」

「嫌なら着なくても構わないのですよ？　回れ右して兄様と二人きりの空間を演出していただけた方が私は助かります」

国家戦力を気遣い要因に持っていくとは、流石である。

「ささっ、兄様。もしよろしければ早速着てみてください♪」

アイリスはカルラからのジト目をものともせず、ローブをクロの胸に押し当てる。

仲悪いなぁ、と。クロは苦笑いを浮かべながらアイリスから渡されたローブを袖に通し、身なりを整える。

サイズもちょうどピッタリだ。少し肩を回してみたが窮屈なところはなく、まるで自分のために用意されたのではないかと不思議に思ってしまうほどだ。

「ふふんっ！　兄様のために私が急ぎで新調いたしました！」

自分のために用意されたものであった。

「え、俺のサイズっていつの間に測ったの？」

「兄様のサイズなど、測らずとも目視で分かります」

なんで分かっちゃうんだよ。

妹の兄に対する異常っぷりに、クロは露骨に肩を落とした。

その横ではカルラも同じようにローブに袖を通しており、何度もクルクル回りながら自分の姿を確認していた。

その姿は子供っぽく少し可愛らしいもので、落とした肩が微笑ましさで自然と上がっていく。

「袖を通したということは、これで晴れてお二人は立派なアカデミーの教師です」

アイリスがクロから離れ、二人の対面の椅子へと腰を下ろす。

「本日から早速授業を行ってもらうのですが、まずは最低限の注意事項だけ説明しておきます」

「注意事項？」

「はい、当然生徒の模範となる人間ですので」

アイリスは指を一つ立て、

「まず、生徒にはあまり優しくしないでください」

「ん？　別に優しくしてもいいんじゃないの？　私が通っていた時の教師も優しかったわよ？」

「人として接する分には構いません。私が話しているのは授業中の時です……他の授業とは違って、魔法は命を落としてもおかしくはない教材なので」

要は優しく接しすぎて本来の路線から逸れるなということだろう。

一歩でも取り扱いを間違えたら危険な薬品と同じで、魔法だって人を殺してしまう。

退屈な授業で全然聞いてくれない。でも、昨日夜遅くまで予習してくれていたから……なんて思うな、厳しく叩き起こしてでも聞かせて、生徒が安全な状態で授業を受けられるようにする。

アイリスの言いたいことが分かったのか、カルラは押し黙ってしまった。

「あとは、授業はあくまで『教える範囲内』で教えてください。絶対にダメだ……とは言いませんが、お二人の魔法を教えるのにはリスクが高すぎます」

「まぁ、学生で扱うには無理があるし、規模も違うしな」

「普通の教師であればこのような危惧はないのですが、お二人は王国の魔法士団の人間……扱う魔法の異常さは実際に見ていなくとも、耳にするものだけで十分理解できます」

王国魔法士団の人間は、それぞれが戦場を動かせてしまうほどの魔法を扱える。

そんな魔法を生徒に無暗に教えて乱用でもされてしまえば、その生徒だけでなく他の生徒まで危険な目に遭わせてしまうかもしれない。

「とはいえ、魔法の扱いに長け、魔法の恐ろしさを誰よりも知っている魔法士団の人間に改めて説くことではありませんが」

最後に、と。アイリスは至極真面目な顔を見せた。

これまでの話も、十分頭に叩き込んでおかないといけなさそうなものであった。

それから見せるこの表情だ。

何事なのだろうか？　クロとカルラは思わず息を呑んでしまう。

そして――

「ぜっっっっっっっっったいに生徒とのラブコメに発展しないでくださいねっ!?」

「…………」

「兄様の魅力があれば全校生徒が惚れてしまうのは必然ではあるのですが、そういうのは私の許可なく行ってほしくないと言いますか、私だけの特権と言いますか！」

「…………」

そんな真剣に聞く必要もなかった。

クロとカルラは立ち上がり、必死に言い聞かせようと熱中するアイリスを無視して、そそくさと部屋を出ていくのであった。

◆　◆　◆

アカデミーは四年制。

全校生徒は貴族ばかり集まる場所だからか百二十人と少なく、各クラスそれぞれ十五名しかいない。

そのため、数多い選択授業でも教師の数は一人二人と案外少ないものだ。

故に、新しく魔法を担当することになったカルラとクロで全校生徒の授業を回していかなければならない。

「それで、誰がどこを担当するかって話だけど」

一限目の授業中。

アイリスを放置して生徒の大半が授業を受けている中、カルラとクロはアカデミーの敷地にあるテラスで書類と睨めっこしていた。

なお、チラホラと生徒の姿がテラスに見受けられるのは、選択授業で時間が空いてしまった生徒だ。

カルラという王女と、クズ貴族で有名なクロがいるからか、視線を何度か向けてはヒソヒソと話している。

「どこ受け持ちたい？」

「えー、全部カルラがやってほしい」

「無理に決まってるでしょ何言ってんの？」

多い書類を見てゲッソリとするクロ。

自堕落所存のいい歳こいた大人にとって、紙の束はげんなりとしてしまうものであった。

「じゃあ、楽な方で」

「そうねぇ……ざっと目を通した限り、比較的楽なのはやっぱり下級生の方かしら」

学年が上がるごとに授業内容も複雑になっていくのは当たり前。

一学年は魔法の基礎が大半。そこから徐々に難易度が上がり、応用や実用の方に授業内容も変化していく。

必然的に、下級生を相手に授業する方が上級生に授業するよりも楽なのだ。

「ってことは、俺一学年と――」

「三学年ね」

「二学年やらせてくれないの⁉ やっぱりカルラも楽な方を所存⁉」

「当たり前じゃない。あなたと違って、こっちは自然と魔法士団の仕事も回ってくるんだからね。王女としてパーティーとかにも参加しないといけないし」

それに、と。

カルラは明らかなため息をついた。

「教師になる前に、アイリスから『絶対私の授業を兄様にさせてください絶対です殴ります』って言ってきたのよ……」

容易に想像ができる理由で、クロは思わず顔を覆ってしまった。

「それか、折半感覚で半分ずつ請け負うってやり方もあるけど――」

「違うクラスと内容違ったらめんどいだろ。それだったら統一しようぜ」

「了解、じゃあ私が二学年と四学年を担当するわ」

話は纏まったようで、カルラは書類の半分をクロへ手渡し、半分を自分の下へ引き寄せる。

この書類は、前任者が残してくれたものだ。今手元に集めたのは、それぞれの学年の引き継ぎ内容である。

クロはもらった紙をパラパラと捲《めく》ると、大きくため息をついた。

「はぁ……内容自体は教えられるもんだけどさぁ。こういうアカデミーの裏側を知ってくると、本当に教師になったんだって実感が湧いて辛い」

「そう？　私は結構楽しみだけど」

「そりゃ、勤勉に拍車のかかった優良児さんからしてみれば、そうでしょうよ」

そもそも、人として終わっているが、働くこと自体があまり好きではないのだ。

こうして「仕事です！」みたいな実感が湧いてしまうと、どうしても萎えてしまう。

「ほんと、あなたって魔法の才能がなかったら将来が心配になるような人間よね」

「よせ、普通に自覚はある」

「まぁ、あとはお人好しな部分でどれだけカバーできるかだけど」

カルラは上機嫌そうな笑みを浮かべる。

からかって楽しいのか、はたまたこれからの授業が楽しみなのか。

本当は両方なのだが、乙女心に鈍感なクロは気づくわけもなかった。

「そういえば、この前あなたにしては珍しく自分から依頼を受けたでしょ？」

　思い出したかのように、カルラは話題を変える。

「あ？　野盗の話？」

「あれは完全に事後報告だったでしょうに……そうじゃなくて、人攫いの」

「その件か」

　クロは思い出し、背もたれにもたれかかる。

「最近、うちの領地で人攫いが起きたんだ。んで、調べてみると王国中で度々散見されているらしい。んで、ちょうど依頼に上がってきたから受けただけ」

「人攫い、ねぇ……？」

「決まって子供ばかり。んで、誰一人として攫われた現場を目撃してない。今は情報屋に調べてもらってる最中」

　基本的に、クロは自分から依頼を受けることはない。

　成り行きで助けることがあったり、直接お願いされなければ自ら腰を上げたりはなかった。

　そんなクロが自分から行動したのは、自分の領地で問題が挙がったからだろう。

　それでも、内容はまたまた人助け。

（ほんと、私利で動いているように見えて、いっつも誰かのためなんだから）

　そこがかっこいいんだけど、と。

カルラは思わず口元を緩めてしまった。

その時――ふと、アカデミー中にチャイムが響き渡る。

「あら、一限目が終わったみたいね」

「懐かしいなぁ、このチャイム」

「ちなみに、次は一年生の魔法の授業があるわよ」

「嫌だなぁ、このチャイム」

とはいえ、ここまで来てしまえば引き返せるわけもなく。

クロは紙の束を手に取って、重たすぎる腰を上げた。

「行ってらっしゃい、これから頑張りましょうね」

「……おう、行ってくる」

カルラに見送られ、クロは校舎の方へと向かっていった。

懐かしい風景。授業が終わって、そそくさと出ていく生徒達。

クズ貴族が教師の証であるローブを着て歩いているからか、必然的に注目を浴びてしまう。

そんな視線を一身に受け、クロは内心でため息をついた。

(はぁ……本当にやっていけんのかね？)

授業と授業の間の休憩は五分間。

その間に次の授業があれば教室を移動しなければならないので、生徒達は大忙しだ。

忙しない生徒達が歩く廊下で、唯一ゆっくり気だるそうに歩くクロ。

しばらく歩いていると、ようやく一つの教室の前までやって来た。

――時間はギリギリ。

あと少しもすれば、授業開始のチャイムが鳴ることだろう。

クロは緊張することもなく、扉を開け放つ。

壇上を見下ろすような形で配置されている生徒達の机と椅子。そこから、またしても視線が一身に浴びせられた。

そして――

「……初めまして、これから魔法の授業を担当するクロです。一年生の皆さんよろしゅう」

――クロの教師としての生活が、幕を開けた。


『うわ、ほんとに来たよ』

『本当に魔法が教えられるのかしら？』

『はぁ……アカデミーも落ちぶれたな』

ヒソヒソと、それでいて嫌味も込めて聞こえるように話している生徒達。

分かり切ってはいたが、なんとも幸先の悪すぎるスタートである。

カルラであればこんな反応にならなかったんだろうな、と。クロは内心で辟易とした。

（別に慣れちゃいるが、こんな塩対応でやりたくもない仕事とか……俺は鞭で喜ぶマゾっ子じゃねぇんだぞ？）

とはいえ、そんな愚痴など吐けるわけもなし。

吐いたところで言い返されるのがオチである。

公爵家の人間に言い返すのもどうかと思うが、そもそもクロが普段から魔法士団であることを隠して自堕落な生活を送っていたのが原因。

クロは最低限しっかり授業だけはしようと、黒板を前にチョークを取る。

その時――――

「少しよろしいでしょうか？」

一人の少女が手を上げる。

プラチナブロンドのセミロング。まだあどけなさの残る端麗な顔立ちは、どこかある女性の面影を感じた。

「えーっと……？」

「……ミナ・キュースティーです。まさか、ご存じでないのですか？」

「あぁ、カルラの妹」

ということは、例の豊作の一人である第三王女様。

どうりで面影があるなと、クロは少しだけ納得した。

「すまんな、お前らの知ってる通りクズ貴族は社交界にはあんまり顔は出さないんだ。自己紹介どうも」

「ご自身で自覚なさっているのであれば、何故教鞭をとるのです？」

どこか明らかな棘を感じさせる口調で、ミナは言葉を続ける。

「ここは由緒ある我が王家が運営するアカデミーです。ロクに貴族の責務を全うせず、のうのうと生きている人間が我々に教えられると思うのですか？」

そうだそうだ。なんて失礼な言葉がチラホラと聞こえる。

もちろん、大人しく行く末を見守っている生徒の姿もあった。

きっと、そういった人間は大事に関わりたくないか、もしくは仮にも公爵家の人間であるクロに爵位の壁を感じているのだろう。

クロとしては見守ってくれている方がありがたいのだが、目下そういうわけにもいかない。

「って言われてもなぁ……文句ならアイリスに言ってくんね？　どっちかというと巻き込まれ事故の被害者枠なんだが？」

「……アイリス様から話はお伺いしております。ですが、にわかに信じられません――あなたが、あの尊敬する『英雄』様などと」

こうして教壇に立っているのに、信じられない様子。

実際に『英雄』の扱う魔法でも見せれば納得せざるを得ないのだろうが——

「はいはい、信じる信じないはお好きなよーに。別にお前らがどう思おうが、こっちはこっちでやることやるだけだ」

クロは肩を竦め、引き継がれた書類を教壇のうえに置く。

「選択授業だろ？　すぐには無理かもしれんが、嫌なら違う授業に変えるといい。魔法を学ぶのは二年から頑張れ。そしたら、お前さんらの大好きな第八席様が直々に授業してくれるだろうよ」

「ッ！」

「寝るなり外に出るなり好きにしてくれ。俺も昔は同じようなことしてたしな、自分のことは棚に上げるつもりはないから安心しろ」

これでいいか、と。クロは授業を始めようとチョークを走らせようとする。

すると、ミナは肩を震わせて教室に響くぐらいの叫びを上げた。

「ふざけないでくださいっ！」

「あ？　何が？」

「そうやって、由緒正しきアカデミーを侮辱するつもりですか⁉　ここは、我ら王族が若者をしっかりと教育したうえで社会に出そうと設立した場所です！　なのに、何故あなたはそんなにも適当でいられるのですか⁉」

王族であるが故に、誰よりもプライドがあるのだろう。

確かに、今ここにいるのは最高の授業が受けられると夢を見て足を運んだ一年生だ。それが途中でクズ貴族と悪名高いクロに変われば、憤るのも無理はない。

子供であるが故に、感情的。

本来、クロはアカデミー側から正式に依頼されて働いている教師だ。

生徒がなんて言おうが、学園長が認めて雇っている以上文句を言われる筋合いはない。

（あー、アカデミーってこういう子がいるんだよなぁ）

とはいえ、多感なお年頃で感情的になりやすいのをクロは分かっている。

アイリスが聞けば鉄拳制裁が飛び交いそうなところだが、クロとしては怒るつもりはなかった。

「元々こういう性格だとしか言えないなぁ。自堕落最高、勤勉は俺のアンチバイブルだ」

「あなたという人は……ッ！」

「だが、可愛い妹の面を汚さないためにも、授業だけはちゃんとやるつもりだ。これでも、一応王国魔法士団の第七席に座らせてもらっているからな」

ある程度はしっかり教えられるぞ、と。クロはミナの反応を窺う。

すると、ミナは憤りで震わせていた肩を抑え、嘲笑うかのように口元を吊り上げた。

「なら、証明してみせてください」

「ん？　俺が第七席かどうかって話か？」

「はい、もしアイリス様の仰っていた話が真実であれば、あなたは戦場をも動かせる魔法士なのでしょう？」

そうだそうだ！　なんて何度目か分からない同調の声が響き渡る。

（はぁ……やっぱりこうなるか）

クロは内心だけでなく、表でもため息をつく。

これ以上、どう口を開いても彼女達は納得などしないだろう。

であれば、もう仕方がない。

生徒達が見つめる中、クロは教壇の前で一度床を小突く。

すると――

「これでいいか？」

――教室の窓側の壁がすべて砂となった。

『『『…………………………』』』

「……は？」

教室にいた生徒全員が、思わず呆けてしまう。

代表していたミナもまた、口を開けたまま風通しがよくなりすぎた外を見て、固まってしまった。

無理もない。

何せ、たった一回地面を小突いただけで硝子諸共壁が砂へと変貌してしまったのだから。

「もう一度言うが、嫌なら別に受けなくてもいい」

クロは教壇のうえに飛び乗り、足を組んで教室中を見渡した。

「その代わり、授業を受けたやつと差が出るのは覚悟しろよ？　なんてったって、このアカデミーの魔法の授業は……例外なく、現代の最強が教えるんだからな」


結局、退室する生徒はいなかった。

授業をサボりたくはないという、優等生な意識故か……はたまた、クロの魔法に気圧されて出るに出られなかったか。

あるいは、クロをようやく第七席だと信じたかなのだが、クロからしてみればどうでもいい話。

授業が遅れて延長——とならないよう、早速授業を始めることにした。

「おい、第三王女」

「わ、私ですか？！」

先程の威勢はどこに行ったのか？　話しかけられただけで背筋を伸ばしてしまうミナを見て、

クロは少しだけ苦笑いを見せた。

「色々思いの丈をぶつけ合った仲だ、とりあえずお前に早速質問させてもらうが……お前らは、魔法を扱う際に大事なことって分かるか？」

「大事なこと、ですか……？」

「そうだ、言うなれば『これさえあれば魔法が上手くなるコツ』っていうやつだな」

ミナは話を聞いて、顎に手を当てて考え始める。

すると、合っているかどうか不安な様子でゆっくりと口を開いた。

「イメージ、でしょうか……？」

「おーけー、分かった。他に何か思いつく子はいるか？」

クロが周囲を見渡して聞くと、チラホラ「魔力総量？」、「運用技量《センス》じゃない……？」などといった声が挙がる。

真面目に受けてくれているようで何よりだ。

クロは内心ホッと胸を撫で下ろすと、首を横に振った。

「色々挙げてくれたが、残念ながらそのどれもない」

「そう、なのですか？」

「まぁ、考え方は人それぞれだけどな。もしかしたら、前任の教師は違うことを言ったのかもしれん」

クロはチョークを手に取り、大きく黒板へ――

「事象の理解……？」

「そうだ」

書き終えたクロはチョークを教壇へ置き、もう一度生徒達に体を向ける。

「あくまで俺の持論だが、重要なのは事象の理解だ。どうやって魔法が成立し、どうやったら魔法が生まれるのか――そこを理解した人間こそ、魔法に長けた人物と言える」

魔法は万能な道具ではない。

擦れば願いが叶うランプとは違って、自分の力で事象を起こす必要がある。

そのため、具体的に「どうすればどういう事象が起こるのか」を予め知っておかなければならないのだ。

「例えば、手のひらに火の玉を生み出したいとしよう」

クロは見せつけるように手のひらを向けた。

すると、そのうえに小さな火の玉が生まれる。

「こうやって生まれた火の玉だが、今のは客観的に『こういうのが現れてほしい』と思って現れたわけじゃない。実際には火種を生んで定期的に一定の酸素を送り続けているだけだ」

「「「…………」」」

「まぁ、この程度なら漠然としたイメージで起こせるものだけどな。実際に、何ヶ月か魔法を学んだお前らの内の何人かは、これぐらいの初級魔法ぐらいは扱えるだろ」

クロが火の玉を握り潰して消すと、積極的に耳を傾け始めたミナが手を上げる。

「あの、でしたらイメージだけで事足りるのでは？　実際に、事象としては成立しているわけですし」

「だったら、俺がやってみせたようにイメージしてあの壁を砂に変えられるか？」

「そ、それは……」

ミナは思わず口篭ってしまう。

自分で口にしておいて、できないと思ったのだろう。

だが、そういう質問は純粋にいい傾向だ。

それだけ、授業に関心を持ってもらっている証拠なのだから。

「イメージでは限界がある。漠然とした想像だと、細部まで魔法を想像できない。要はイメージ・・・・・・・・・・するなら構造を理解しろということだ」

大きな時計がある。さぁ、これを思い浮かべたら作れるので作ってみてください。

そう言われて、確かに作れる人はいるだろう。

しかし、その時計はちゃんと動くのだろうか？　中の歯車の構造をまったく知らないで空っぽのままなのに？

結局、そういうことだ――知らないものをイメージで作ろうとしても、知らなければ作ることはできない。

「教材として渡された魔法書に詠唱が書かれてあるのは、あくまでそのイメージを補うものであって万能で完璧じゃない」

　クロはゆっくりと、ミナに向かって歩き出す。

「もちろん、お前達は魔法を習い始めて数ヶ月しか経っていない。分からないうちは、その方法でも構わないだろう。ただ、今の話を頭の中に入れておいてくれ」

　ミナの前に立つと、クロは少しだけ口元を緩めた。

「ちなみに、お前の姉はそうやって第八席に選ばれたぞ」

「お、お姉様がですかっ⁉」

「あぁ……というより、今魔法界の最前線に立っている人間は、例外なくイメージよりも事象の理解を前提として魔法を創り上げている」

　それを聞いて、ミナだけでなく生徒全員がゴクリと息を呑んだ。

　クロの放った発言に、信憑性を感じたのだろう。

　何せ――実際にそうして憧れの席に座っている人間が、ここにいるのだから。

「もっと興味を持て。分かりやすいものだけに囚われず、誰もが嫌がることに目を向けろ。地味なことでも、どうでもよさそうな些細なことでもなんでもいい、知ろうと知識を求めるんだ」

クロは皆の視線を受け、もう一度教壇へと戻る。

「アカデミーに相応しくないクズな貴族が、クズらしくもない真面目な言葉を残そう――」

そして、クロは生徒達に向かってクズらしくもない真面目な顔で言い放ったのであった。

「探求者こそ、魔法士である。この言葉が、最初の授業で覚えてもらう俺からの要望だ」
・・・・・・・・

クロは決して残業はしない。

延期もしない、延長もしない。

早く終わらせ、余分なものなど吐き捨て過度な労働を切り捨てる。

それは、単純に少しでも早く労働から解放されて自堕落な生活を送りたいからだ。

(あー……次の授業まで二時間)

寝られるかなぁ、と。クロは初授業を終えた教室から書類を持って出る。

そのタイミングで、ゾロゾロと先程まで一緒にいた生徒達も教室から出てきた。

『な、なぁ……今の授業さ』

『前の人とは違ってたけど、なんていうか分かりやすかったね……』

『クズ貴族のくせに、やっぱり気に食わねぇ』

チラホラと聞こえる声。

一部ではまだクロを蔑んでいる者もいたものの、大半は満足した様子を見せている。

クロはそんな生徒達を横目で見ると、思わず欠伸をしてしまった。

（まぁ、どう思われようがそっちで好きにやってくれ）

他人の評価がプラスになろうがマイナスになろうが、どうでもいい。

クズ貴族だと思おうが、第七席の『英雄』と思おうが。

自分は可愛い妹の顔に泥を塗りさえしなければ、そっち方面は酷くどうでもいいのだ。

ここら辺がクズ貴族と呼ばれる所以なのだが、クロはそこに気づく様子はない。

もう一度欠伸を見せると、教師が集まる別の棟へ足を運ぼうと――

「……先生」

――した時、ふと背後から声がかかる。

何事かと振り返ると、そこには黒色の髪を携えている女の子が立っていた。

端麗な顔立ちに反して、表情は乏しい。無機質というかなんというか。クロはその子の顔を見て脳内に一応インプットした生徒表を思い浮かべる。

（確か、平民の……）

ルゥ・ルフラン。

貴族が多く集まる中で、数少ない特待生枠の平民。

特待生枠とは、アカデミー側が才覚を見込み、最大限支援することを約束した特例の人間にのみ与えられるもので、学費や食費などといった費用がすべて免除される。

そんな珍しい枠の女の子は少しだけ首を傾げた。

「……どうしたの？」

「今、顔と名前を思い出そうと必死だった」

「……面と向かって言う？」

それはそうだ。

「んで、なんの用だ？　俺は残業しない派閥だぞ？　分からないところは板書を解読して自習でもしておきなさい」

「……ん、板書はいらない。もう分かってる」

「分かってる？」

「……答え合わせをしに来た」

そう言って、ルゥは懐から手のひらサイズの石を取り出す。

何をするつもりなのか？　そう思って首を傾げようとした時──唐突に石が砂に変貌した。

「ッ⁉」

「……これで、いい？」

思わず鳥肌が立ってしまったのが分かる。

何せ、今見たものはクロが授業を始まる前に見せた魔法と同じ。工程を重視した、既存の魔法とは違ったアプローチから洗練されたもの。

今日は過程を重んじる話しかしていないのに。

たった一度見せただけで、まさか再現してしまうとは。

（さ、流石『魔法』で特待生枠を勝ち取った天才……ッ！）

驚かずにはいられない。

自分も天才枠に入る分類の人間だが、ルゥも同じ領域。

正直、自分と並ぶような天才枠など早々現れないと思っていた。何せ、それほど難しいからこそ王国魔法士団の席は十席しかないのだから。

一人、生粋の天才に心当たりはあるものの、まさか自分が教えている生徒の中に頂きへ届きそうな若者がいるとは――

「……先生？」

「あ、あぁ……大丈夫、できてる」

「……なるほど」

ルゥはグッとクロに顔を近づける。

「……先生の授業は面白い」

「お、おう……ありがと？」

「……私は魔法が好き。でも、前の先生は退屈だった」

だから、

「……期待、してるね？」

そう言って、ルゥは横を通り過ぎるようにして立ち去ってしまった。

後ろ姿を見送り、いなくなったところでクロは思わず頭を掻く。

（……こりゃ、二年生の担当になった方が楽だったかな？）

そう思いながら、クロは足を進めようとする。

「あ、あのっ！　お待ちください！」

すると、またしても背後から声がかかってきてしまった。

おいおいなんだよ人気者かよ。なんて振り返ると、そこには教材を胸に抱えた知り合いの面影がある少女の姿があった。

「なんか用？　俺、さっさと戻って寝たいんだけど」

「寝るんですね……まだ日は高いですよ？」

「カーテンを閉め切ればどこにいようが体感は夜中だろ。寝る子は育つんだ、覚えといた方がいいぞー？」

んじゃ、と。クロは踵を返す。

すると、襟首を「ぐぺっ⁉」強く引っ張られた。

「待ってくださいっ！」

「……お前、俺の首がどうなっているか分かってて、殿方を引き留める乙女的な行動を取ってんのか？」

　このまま数十秒も乙女的な殿方を引き留める方法を行使すれば、確実にクロの意識は寝てもいないのに彼方だろう。

「も、申し訳ございませんっ！　そんな意図はなく手が勝手に」

「……恨みでもあるんだな」

「な、ないとは言い切れないです」

　初対面なんだがなぁ。

　クロは手を離してもらい、乱れた襟首を整える。

「んで、俺に何か用か？　言っておくが、分からないところは授業中でしか聞きたくないぞ、サービス残業は嫌なんでね」

　そう言うと、ミナは首を勢いよく横に振る。

　そして――

「先程は、失礼な態度を取ってしまい申し訳ございませんでした！」

　王族に名を連ねる少女が、勢いよく頭を下げた。

　クロはその行動に、思わず呆けてしまう。

「……はい？」

「先生の授業は、その……分かりやすかったです。今まで考えもしなかった方法ですが、説得力もあり……特に、イメージではなく理解という点に強く惹きつけられました」

先程まであんなに率先して、威勢よく歯向かっていた女の子。

それが恥ずかしそうに自分を持ち上げている。

褒められ慣れていないクロからしてみればむず痒いこと、このうえなかったが、この態度こそ授業が成功した証なのだろう。

ふと、脳裏にアイリスの笑った顔が思い浮かぶ。

もし、今のミナの言葉を聞いたら可愛い妹はきっと喜ぶに違いない。

「……そう言ってもらえたんなら、よかったよ」

そこに満足をして、少しだけ上機嫌になったクロは歩き始める。

ミナは何故か、置いて行かれまいとそそくさとクロの横に並んだ。

「あの、カルラお姉様とは仲がよろしいのですか⁉」

「ん？　まぁ、魔法士団に入った時期も近かったしな、大体の任務とかは基本的に一緒にいるよ」

「そうなんですね！」

とはいえ、基本的に己が首を突っ込んだ受けてもない任務をカルラが持ってきてくれて一緒に受けているだけではあるのだが。

しかし、たまにカルラが受けた任務を手伝ったりしていることもあるので、あながち間違いではないだろう。

「そ、それで！　任務の時のカルラお姉様はどのような感じなのでしょう⁉　やはり、凛々しく勇ましいのでしょうか⁉」

ミナは瞳を輝かせながら尋ねてくる。

随分と懐かれたもんだと、クロは昔のアイリスを見ているようで思わず苦笑いを浮かべた。

「カルラのこと、好きなんだな」

「はいっ！　カルラお姉様は私の憧れです！　いつか、私も魔法士団の席に座りカルラお姉様と肩を並べて国を救いたいんです！」

「……そっか、じゃあ頑張るしかないな」

カルラもクロと同じくアカデミーで魔法を学んで王国魔法士団に入った。

中には独学で席に座った異端児もいるが、地道な努力で高みに登ることだってできる。

この少女は、果たしてこの四年でカルラと同じ道を歩くことはできるのだろうか？

（柄にもなく、変な好奇心を持ったなぁ）

生徒に対してそう思ってしまうのは、己が教師になったからだろうか？

普段抱かない感情の芽生えに、クロは思わず照れ臭そうに頭を掻いてしまった。

すると——

「……あと」

「ん？」

「ひ、密かに『英雄』様にも憧れを抱いておりまして……」

頬を染め、恥ずかしそうに手をモジモジとさせるミナ。

そして、ふと可愛らしい少女はおずおずとした様子のまま上目遣いを見せた。

「あの、覚えていらっしゃいますか？　昔、『英雄』様が私を助け——」

その時、タイミングよく授業開始を報せるチャイムが校舎に鳴り響いた。

「あっ！　えーっと、その……そ、それでは失礼します！　次の授業も、楽しみにしておりますので！」

ペコリと頭を下げ、ミナはそそくさと廊下を走っていく。

その後ろ姿を見て、クロは小さな息を吐き——

「Mっ子じゃないが、蔑まれないとやっぱり違和感があるよなぁ」

ただ、どうにも不快には思えなくて。

クロは口元を綻ばせながら、そのままゆっくりと廊下を歩くのであった。

「……兄様、なにやら教室の一つが風通しのよすぎる部屋に変わったらしいのですが、お心当たりはありますか？」

「……あ」

「兄様、アカデミーの壁は意外とお高いのです」

「はい、すみません」

さて、戻って寝ようか！　と思っていた矢先。

アイリスに捕まり、教師が在中する棟ではなく、アイリスしか入れない生徒会室に連れてこられたクロは、妹の前で正座をさせられていた。

「可愛い妹の気持ちは複雑なのです。兄様が凄いことを知れて歓喜しているのに、小遣いから捻出した結婚資金を費やしたくはありません」

「本当にすみません、あとでちゃんと俺が払わせていただき……って、結婚資金？　誰の？」

「私と兄様に決まっているではありませんか」

「決まってねぇよ」

兄妹の関係という壁を越えて結ばれるために、着々と貯めていた資金。

容認もしていないのに、もう結婚式を考えているあたり……流石はアイリスとしか言いようがない。

「いくら公爵家の人間だとしても、当主になっていない現状では使えるお金も限られます。兄様の素晴らしさを皆に知ってもらうのは妹として嬉しいことこのうえないのですが、そういうのは訓練場で行っていただけると」

「ぐうの音も出ません」

ぺこりと、公爵家の人間とは思えない清々しい土下座を披露するクロ。

アイリスは「こ、この姿も意外とアリなのでは……！」と、頬を染めて何やら新境地を見出していた。

「ごほんっ！　ま、まぁ……無事に授業が終わったようで何よりです」

ソファーに座り、アイリスが自分の膝をぽんぽんと叩く。

それが何を意味しているのか理解しているクロは、なんの迷いもなく起き上がってそのまま膝の上に頭を乗せた。

一応言っておこう。

別に、クロは別に妹の膝枕が好きで率先して頭を乗せたわけではない。

ただ、今はアイリスに迷惑をかけてしまったので逆らえないというか。かなり寝心地がいいし、落ち着くからとかそういう理由は一切なく仕方がないという感じなわけでしてッッッ！！！

「俺はまだ屈していない……ッ！」

「兄様は何を仰っているのですか？」

義妹《いもうと》の壁は越えてはいけないと、理性で戦っている兄であった。

「どうでしたか、兄様？　初めての授業は」

アイリスがクロの頭を撫でながら尋ねる。

「ん？　あぁ、別に大したことはしてない。所詮は一年生の授業だからな、教える内容も比較的初歩中の初歩だ」

ただ、案の定色々反発はあったわけだが。

とはいえ、後半は皆ちゃんと聞いてくれていたので、成功と言えば成功だろう。

特に、一番反発していたミナが最後はあのように話しかけてきたのだ。概ね、アイリスの期待には応えられたような形ではある。

「ふふっ、ミナがいたので当初少し心配していたのですが……流石は兄様です、杞憂でした」

「ん？　あいつって問題児だったのか？」

「そのようなことはありませんよ、優秀児です。ただ、真面目というか、憧れへの意識が強いと言いますか」

「そういえば、カルラに憧れてるって話だったなぁ」

「いいえ、兄様……彼女が本当に憧れているのは、兄様ですよ」

アイリスの言葉に、クロは首を傾げる。

「彼女は以前、王国魔法士団の第七席――『英雄』に命を助けられたことがあるようです」

頭を撫でながら、アイリスは口にする。

「その時、彼女は『英雄』の背中に憧れました。自分もいつか、自分がしてもらったように誰かを守るのだと。彼にとっては助けたうちの一人で、彼にとっての当たり前の延長線にいたかもしれませんが、ミナにとっては憧れるに相応しい瞬間だったのだとか」

「…………」

「そのため、『英雄』の正体を知って幻滅しないか心配だったのです。本質は優しく、とても素晴らしい方だと妹の私は知っておりますが、表面しか知らない人間にとっては落胆する要因かもしれません」

助けてくれた相手が、クズ貴族と呼ばれるぐらいのダメ人間だった。

憧れていたからこそ、その事実はとても受け入れ難いものだっただろう。

だからあんなに反発してきたのか、と。クロは思わず頬を掻いてしまう。

「ちなみに兄様、彼女を助けた記憶は?」

「待ってろ、今必死に記憶のストレージを確認するから……」

「ふふっ、助けた人間の数が多すぎて覚えていられないのですね」

そんなことはないと否定したいところだが、本当に思い出せないので何も言い出せない。

クロはバツが悪そうに目を伏せ、アイリスはその姿を見てもう一度笑みを浮かべた。

「まぁ、聞くところによれば反応も上々……兄様の授業は素晴らしかったと、色々お声もいただいております」

「なぁ、さっき授業が終わったばっかりなのになんで知ってるわけ？」

「あら、情報に聡くないとアカデミーの生徒会長は務まりませんよ？」

　流石は王国一のアカデミーとでも言うべきか。

　そのトップに座っている人間の情報網は凄まじかった。

「……反応がよかったのはよしとしよう。でも、まだまだ反発の声があるのは間違いないんだろう？」

「ええ、カルラ様とは違ってまだ兄様をお認めにならない、阿呆な生徒も阿呆な教師も多くいます。ですので、妹としては兄様のご活躍を期待するばかりです♪」

「はぁ……程々に頑張るよ」

　ふぁあっ、と。クロは欠伸を一つ見せる。

「お休みになられますか？」

「二時間後に起こしてくれ」

「ふふっ、かしこまりました」

　耳元で、アイリスの優しい声が聞こえる。

「おやすみなさいませ、愛おしい兄様」

　そうして、クロは微睡みの中へと潜っていったのであった。

第三章　回想～英雄～

本当に偶然で、単に不幸な話であった。

「クソッ！　こんなところまで魔獣行軍《モンスターピード》かよ！」

「静かにしろ！　今ならまだやり過ごせる！　姫様だけでも無事に帰さねば……ッ！」

「どうやって⁉　応援は呼びましたけど普通なら見捨てられますよ、こんな状況！」

艶やかなプラチナブロンドの髪の少女の前で、護衛の騎士達が言い争っている。

少しだけ大きな洞穴。薄暗く、ハッキリ見えるのは埋めた入口の隙間から見える外の景色ぐらい。

覗くとそこには、綺麗で絢爛だった馬車が踏み潰された無惨な光景と――止まる気配のない、魔獣の群れ。

少しでも視線がこちらに向けば、逃げ場のない自分達は間違いなく食い物にされるだろう。

（怖い……！）

まだ、この時少女は十二歳。

王族に名を連ねる三女として生を受け、この日は使節のために国中を巡回していた。

本当は、今目の前にいる護衛の騎士二人だけでなく、多くの護衛と共に巡回していたのだ。

ただ、今は二人。

どうしてそうなったのか……それは言わなくてもいいだろう。

「チューズも、バランも、ジャックもロイだっていなくなってしまいましたよ……俺達をここまで逃がすために」

「…………」

「お、俺だって姫様を生かすためなら、アイツらと同じように命を散らしてやります。でも、俺の命でどうにかできる状況じゃねぇって言ってるんですよ……」

上司と思われる男は何も言わない。

というより、言い返せないのだろう。

何せ、部下の言う通りなのだ——応援があったとしても、目の前に広がるのは魔獣行軍《モンスタービード》。

下手すれば国一つをも飲み込む大災害に、わざわざ被害覚悟で突っ込んだりはしない。

確かに、王族の血は大事だが、上にも下にも子供はたくさんいるのだから。

「…………ッ！」

その不安が少女にも伝わったのか、泣き出しそうな涙を堪えて俯いてしまう。

しかし、それで状況が好転するわけでもない。

今、この場で……最も足でまといなのは何もできない自分だ。

であれば——

「……げ、て」

「ミナ様……？」

「わ、わたっ……私のことはいいから、逃げて……」

自分を守るという役目がなくなれば、二人は自由に動ける。

どうせここにいても時間の問題なのだ、であれば少しでも助かる可能性が高い方に賭けた方がいい。

「な、何を仰っているのですか、ミナ様⁉」

「そうですよ！」

「でも、このままだと皆死んじゃう……ッ！」

この言葉を口にする勇気は、どれほどのものだっただろう？

たった十歳。王族の責務を課せられただけの、どこにでもいる女の子。

そんな少女が、自分が死ぬから生き延びてと、死を許容して言い放ったのだ。

これがどれほど勇気ある言葉だったのか……言わずとも分かる。

二人は拳を握り、部下の男は大きく息を吐いた。

「……どうせ賭けるなら、俺が先に行きますよ」

「お前」

「じゃなきゃ、いい顔してアイツらに会えないですからね」

男は決意する。

己の責務を、自分達を気遣ってくれた女の子のために最後まで果たそうと。

だが、それは少し遅く……。

部下の男が拳を握った瞬間――洞穴の上部がごっそりと持っていかれた。

「ッ⁉」

何事かと思わず頭上を見上げる。

そこには、腕を振り抜いた禍々しいほど巨体なトロールが、ニヤリと笑いながら立っていた。

（あ、あぁ……）

遅かった。

もう少し、早く自分が勇気を振り絞って二人に逃げてもらえれば。

こんな結末にはならなかった。

自分達の姿が露見し、魔獣の視線を一身に浴びた瞬間……結末など決まったも同然。

（お姉ちゃん……お母さん……）

堪えきれなくなった涙が、一斉に溢れ始める。

覚悟を決めたはずなのに、こうして死を目の当たりにして体が震えるだけで、思うように動かない。

（私がいるから、皆死んじゃった）

トロールは嘲笑うかのように口元を歪めながら、ゆっくりと腕を振り上げる。

「ごめんなさい……ッ！」

そして――

「なんでお前が謝るんだよ」

――トロールの巨体が、地面へと倒れた。

「……へ？」

何が起こったのか分からなかった。

気がつけば、あの見上げるほどの巨体は地面に倒れていて。

岩石ほどの頭にはいくつもの土の槍が刺さっていて。

その上に、いつの間にか見たことのある紋章が縫われたマントと、黒いお面をつけた一人の青年が座っていて――

「悪いのは全部こいつらだろうが。何を勝手に可愛い女の子が悲劇に結末《オチ》つけてんだ」

その青年は、ゆっくりと三人の前へと降り立つ。

すると、少女の前に立って笑いながら小さな頭を乱雑に撫でた。

「でも、よく頑張ったな。そういう結末《オチ》は俺がつけるから、そこで黙って見とけ」

安心させるような笑み。

青年は少女の頭を撫で終えると、庇うようにして前に立つ。

トロールが死んだからといってお終いではない。

今は魔獣行軍《モンスターピード》。

終わりの見えない魔獣の猛威が、降り注がれる場だ。

故に、少女は思わず叫んでしまった。

「どうしてッ⁉」

「ん？」

「どうしてきたんですか⁉　黙って見過ごせば、あなたも死ぬことはなかったのに！」

ここに至るまで、何人も自分に笑ってくれた人が死んだ。

少女の心は、もう限界だったのだろう。

だって、いくらこれほど大きなトロールを倒せる実力があったとしても、数には負ける。

これ以上、自分を守るために誰かに死んでほしくない。だからずっと「どうして」と、責め立てるように青年に向かって叫ぶ。

しかし、

「馬鹿言うな」

それでも、

「誰かが泣いてんのに、命を張らない理由がどこにある？」

青年は、拳を握った。

「いいからそこで見とけ」

……その背中は、正しく『英雄』と呼べるものであった。

自分よりも、他者を優先する。

そこに命の危険があろうが、圧倒的不利な場面だろうが、泣いている誰かを見捨てることはできない。

「お前達の命だけは、馬鹿《ヒーロー》が助けてやる」

たとえ、それが名も知らぬ赤の他人であったとしても――

「願望顕現《グラン・フランメ》」

青年は地面に拳を思い切り叩きつける。

すると、この場一帯を飲み込むほどの地割れが引き起こった。

「『遊人の来訪《イルス・アルスロット》』」

何百もの魔獣の群れが、一斉に奈落へと落ちていく。

木々は崩れ、飲み込まれ、先の見えない奈落へと片道切符が配布される。

――それでも、まだ魔獣は残っている。

だからこそ、青年は叫んだ。

「さぁさぁ、始めようか木偶の坊！　遊び足りないんだろ？　姫様《こいつ》が笑って家に帰るまで、俺が代わりにしぶとく舞台に付き合ってやるッッ！！！」

獰猛に、不安など見せず、ただただ笑ったのであった。

◆　◆　◆

この日、少女は一生忘れない記憶を刻むこととなる。

誰もが憧れるような、あの背中を。

赤の他人ですら、泣いていたら手を差し伸べてくれる英雄《ヒーロー》を。

たとえどんな脅威であっても、笑って拳を握ってくれるような――

「……あの『英雄』様の魔法、見間違えるわけがありません」

ミナはアカデミーから与えられた部屋で一人、小さく口元を緩める。

気づいていない様子だった。

でも、それでいい。

忘れてしまうほど、印象に残らないほど、自分が憧れた姿のまま見知らぬ誰かを助けて来た証拠なのだから。

「やっと……やっと、お会いできました」

いつか、自分もこの人のように誰かを助けたい。
そう改めて思ったこの時のミナの顔は、ほんのりと赤く染まっていた。

第四章　想定外の想定

面倒なことになったなぁ、と。

この時クロは思わざるを得なかった。

「さぁ、こいつの化けの皮を剥がしてやれ、アイリス！　クズ貴族は由緒正しきアカデミーの教師に相応しくないのだと！」

「それを私の目の前で言う勇気には、感服してぶち殺したくなりますが、兄様の魅力を最大限引き出せるよう頑張ります♪」

大きな訓練場。その中心で、木剣を持った教師の男に励まされるアイリスの姿。

周囲には同じように木剣を持った運動着姿の生徒達が見守るように囲い、クロの後ろでは

――


『お、おい……あいつ勝てんのかよ、アイリス様に？』

『ここであの「英雄」かどうかが確かめられますね……』

『ふんっ！　どうせ化けの皮が剥がれるだけだ』

先程「初めまして」をした魔法の授業を選択した生徒達の姿が。

それぞれ「無理だ」と嘲笑う者、好奇心に駆られている者、期待に満ち溢れている者様々で

ありり、そのすべてがアイリスではなくクロへと注がれていた。

加えて、どこで話を嗅ぎつけたのか、訓練場に設けられた客席にはチラホラと授業時間が空いた生徒達が足を運んでいる。

そして、クロの横にはプラチナブロンドの髪を靡《なび》かせる相棒の姿もあった。

「あらあら、面白いことになってきたわね」

「面白くねぇよ……こっちとら、ただ授業しにここに来ただけだぜ？　なのに、どうしてこんなことに……」

がっくりと肩を落とすクロ。

その背中を、好奇心で満ち溢れたカルラはそっと叩いた。

「まぁまぁ、男の子なんだから売られた喧嘩は買わないとね♪　たとえ、相手が最愛の妹さん……でアカデミー最強でも」

「今初めて知ったその情報……」

本当に、どうしてこんなことになったんだろう？

時は、小一時間ほど遡る――

◆◆◆

「魔法士の至上命題として『願望』というものがある」

アイリスの膝枕を受けてすぐ。

昼の少し長い休憩を挟んで、クロは三学年の魔法の授業をしていた。

この中にアイリスの姿はなく、「違う教室なんだな」と、入室して初めてクロは知った。

「魔法を学ぶ皆なら知っているとは思うが、『願望顕現《グラン・フランメ》』は魔法に自分の願いを組み込むものだ。どんな目的があり、どんな結末を望み……その手段として自分の研究していた魔法をはめ込んで魔法式としていく」

教室にはいくつか席こそ空いているものの、しっかりと授業に耳を傾ける生徒の姿があった。

流石は分別がしっかりとでき始めている三学年だろうか？　もちろん、クロが気に食わないので早々に立ち去った生徒もいるが、それ以外の生徒は比較的真面目だ。

（最初はすっげぇ聞いてくれなかったけどな……）

授業を進めていくと、次第に関心を持ち始めた結果が今である。

クロとしては「ボーっとしてるの暇だったのかな？」と、さして気にせず授業を続けていたのだが――

（……分かりやすいですね）

（これ、前の先生より難しいこと言っているのに、すんなり頭に入ってくるんですけど……）

（クズ貴族って呼ばれているはずの男なんだが……一年生が騒いでいたのも頷ける）

単純に、クロの授業の内容が覚えやすいからである。

授業内容は範囲が決まっているために変わることはない。

しかし、その範囲内で関心を持ちそうな高度な話を盛り込み、派生するように授業内容に戻っていくから関心は引き継がれる。

これが「覚えやすい」に直結していくのだが、初めて教鞭をとったクロが気づく様子もない。

「ここでさっきの話だ。もしも、魔法士として成長を望むのなら魔法式の構成、羅列、模写は基礎として必須になってくる。魔法が使えるだけでは二流……一流を望むのであればゼロからイチを生み出すことに慣れなければならん」

クロはチョークを走らせ、大きな図を描いていく。

その時、ちょうど授業終了を報せるチャイムが鳴った。

「だから……って、ようやく終わったか。んじゃ、俺は帰るからお疲れー」

授業の延長なんてしない。

クロは途中であろうともチョークを置いて、書類を手に取りそそくさと教室を出ていってしまう。

あまりの切り返しの速さに生徒達は思わず呆けてしまうが、これまたクロが気にする様子はない。

「さて、次の授業は休みかなぁ？」

アカデミーの授業は、日が沈むまでの八時間制。

授業人気の高い魔法は基本的に毎日行われるので、演習などない限り半分の授業を受け持つこととなる。

残りは一年生の半分と、アイリスのクラス。

できたら働いた分、休みたいクロは持っていた書類を歩きながら捲り、授業担当を確認する。

すると――

「あら、お疲れ様」

背後から肩を叩かれ、カルラが横に並んだ。

「それと、次の授業も頑張ってね」

「……そのセリフで一気に気分が下がったよ」

確認する必要もなく、休みの希望が潰えたクロであった。

「あの子が喜んでたわよ？　やっと兄様の授業が受けられます、って」

「っていうことなら、次はアイリスのところの授業か……あー、やだやだ。三年生って授業内容複雑なんだから教えるのだるいんだよ」

「文句言わないの、四年生を受け持っている私の方が面倒なんだから」

肩を落とし続けるクロの背中を押して、カルラは笑みを浮かべる。

しばらく歩き続けるのだが、何故か一向にカルラは手を離そうとしなかった。

「なぁ、なんでついて来るわけ？　君は男の着替えでも覗きたい新手のストーカーさん？」

「私、次の授業休みなの。だったら、何かと噂になっている相棒さんの授業でも見学しようと思って」

「……監視の目ができてサボれない」

「お兄様ラブな妹さんの授業の時点で、サボれないでしょ」

だよなぁ、と。

クロはカルラに背中を押されて廊下を歩くのであった。

一緒に並びながら、目的地までのルートを二人仲良く並んで歩く。

「カルラはさ、もう実技とかしてんの？　座学よりめんどい？」

「四年生は主にそっちだもの、初っ端の授業から実技だったわ。でも、適当に魔法を見せれば感心してくれるし、放置しとけば勝手に動いてくれるから、案外楽よ？」

「ふぅーん……まぁ、王国魔法士団の魔法が見られたら盛り上がりもするわな。俺もその名前が活かせればいいんだが」

引き継がれた情報によると、もう一つの三学年クラスの授業は実技であった。

学んだことを実践し、己の経験とする。

どこまで教えたかは前任の教師によって、丁寧に事細かく書類にて教えてもらっているので、内容について困ることはない。

　というより、そもそも王国が誇る現代最高峰の魔法士達に教えられないことなど、ほとんどないわけなのだが――

「ミナから聞いたのだけれど、あなたの授業は評判がいいみたいね」

　隣を歩くカルラが嬉しそうに口にする。

「羨ましいわー、私なんて質問攻めと『魔法見せて』ばっかりでまともにまだ授業もできてないし」

「実力と名前が売れてる弊害だな。流石にそっちは俺もごめんだよ」

　ある程度しっかり教えて、適度にサボる。

　生徒から大人気にでもなれば、中々解放されない状況が続くだろう。

　そうなればサボる機会など減るため、クロにとってはまったくをもって羨ましくもない話であった。

「正直、このままいけばあなたの悪評も消えていきそうね。ここにいる子は社交界に顔を出す若者ばかりだし、いつか自然と悪評が英雄譚で塗り替えられそう」

「英雄譚ってお前……俺が今時の女の子からそんなかっこいい男に見られると思うか？」

「見られると思うわよ、お人好しさん」

「……誰だよ、席の名前に『英雄』ってつけたの」

　間違いなく自分の行いによるものなのだが、本来であれば嬉しいであろう名前に今更嘆くクロであった。

「……俺の引き籠もり生活がぁ」

「ふふっ、なら早く玉の輿に乗ることね」

はて、玉の輿？　公爵家の人間が玉の輿できる人間など限られているはずなのに？　なのに
どうして彼女はそんなことを言うのだろう？

クロは綺麗な笑みを見せるカルラを見て首を傾げた。

「気にしなくていいわ、いつかちゃんと教えてあげるから」

校舎を出て、広大な敷地をしばらく歩いていると、ドーム状の建物の前まで辿り着く。

一度は通っていた場所だからか、二人は迷うことなく迂回して入口へと足を進めていった。

少しだけ続く廊下を歩く。

すると――

「あ・に・さ・ま♡」

訓練場の出口にて、そんな囁くような甘い声が耳元で響いた。

「……なぁ、サプライズするなら『わっ！』とかにしね？　これじゃ『ビクッ』より『ゾクッ』なんだわ」

「あら、兄様。私が驚かす方面に注力するように見えますか？　お淑やかで可憐なレディーは、何時でも殿方を堕とすことに注力しているのですよ」

「よぉーし、今の話は聞かなかったことにしよう！　攻略対象の殿方を身内に設定しているなんて話は妹からは聞いていないッ！」

　どこまでいっても現実逃避。

　ズカズカとスタンバイしていたアイリスをスルーして、クロは訓練場へと足を踏み入れる。

　そんな姿を見てクスッと笑ったアイリスだが、やがて隣にいたカルラを発見してジト目を向けた。

「……なんであなたもいるんですか、女狐？」

「いいでしょ、見学ぐらい。っていうより、あなた私に対して冷たくない？」

　これでも王女なんだけど、と。別に気にしてはいないが、一応口にしておく。

　しかし、アイリスは――

「同じ匂いのする女狐を警戒するのも、年頃のレディーの注力することですよ」

　言っている意味が分かっているカルラは、思わず頬を掻く。

　自分はあくまで見学する身。愛しの兄様の背中を追いかけるアイリスを見て、自分は訓練場の隅で肩を竦める。

　その時、ふと視線の先に見慣れた少女の姿があった。

（あそこにいるのって、ミナじゃない）

　プラチナブロンドの髪の、自分と似た女の子。

その少女は、ノートとペンを片手に訓練場に設けられた観客席で一人、真剣にクロの姿を見つめていた。

（そういえば、あの子って『英雄』に憧れていたんだったかしら？）

今までクロを気遣って言ってこなかったが、妹の本当の憧れがどこに向いているのかは知っていた。

まぁ、それが本当に憧れだけかはさて置いて。

熱心なファンだこと、と。空き時間なのに足を運んでいる姿を見て、カルラは微笑ましそうに笑った。

「兄様、兄様。私は今日という日を心待ちにしておりました！」

一方で、クロの隣に並んだアイリスは表情を変えて嬉しそうな顔を見せる。

「大袈裟なやつだな……ほんと」

「できればベッドの上でのマンツーマン授業を所望しておりましたが……」

「すまないな、今はアカデミーの授業で忙しいんだ」

身内との一線を越えたくないとかそういうのでもないのだが、とりあえず忙しいのでお断りしておいた。ええ、決して妹と夜の授業をしたくないとかそういうわけでもなく。

「にしても、今回は剣術の授業と被っているのか」

クロはチラッと進んでいる方向とは反対側へと視線を向ける。

いち学園が所有する訓練場にしてはあまりにも広すぎる敷地。そこには運動服を身につけ、木剣を片手に教師らしき男から説明を受ける生徒達の姿があった。

「アカデミーで人気な授業は回数も多いですからね。ブッキングすることなど、よくあることです」

「案外、一緒に使っても全然迷惑になんねぇしな。特に剣術なんて使うスペースが少ないし」

「ちなみに、私も先程まで剣術の授業を受けておりました！」

「知ってるよ、その格好を見れば」

アイリスは薄い運動着姿のまま胸を張る。

可愛らしい顔にしてはしっかり育っている一部が強調され、クロは咄嗟に視線を逸らしてしまう。

なに見てんだよ、と。異性として見てしまった自分に辟易する。

そして、誤魔化すように頑張った妹へ労いのなでなでをしてあげることに。

アイリスは歩きながら、兄からの労いにだらしなく嬉しそうな表情を見せた。

「っていうか、アイリスは剣の方が得意だったろ？　いいのか、魔法の授業を受けて？」

「何を仰いますか⁉　たとえ苦手で一学年と同等の実力しかないとしても、兄様の授業を受けられるのであれば『えー、なんでこのレベルの雑魚がいるの？（笑）』的な恥も受け入れます！」

「妹が逞しすぎて、兄としては複雑な心境なんだが……」

心の成長に喜ぶべきか、恥を受けてまで兄と一緒にいたい妹の気持ちに嘆くべきか。

本当に複雑な心境をしたクロはようやく待機していた生徒達の前へと合流し、頭を掻きながら生徒達を一瞥して――

「えー、新しく魔法の授業を担当するクロ・ブライゼルです、よろしくお願いしまーす」

今日何度目かの気怠そうな自己紹介。

それを受けて、生徒達は眉を顰めて嫌悪感を滲ませる。

今回、近くに自分達のトップに座るアイリスがいるからか、目立った蔑みは見受けられなかった。

しかし――

「おい、クズ貴族」

合流した途端、一人の男がクロに話しかけた。

先程、端で見た剣術を教えていた男だ。

「えーっと……」

「アイゼン・トレスティアだ、仮にも教師なら同僚の名前ぐらい覚えておけ」

こちらは明らかに見せる蔑みと悪態。

いきなり押し掛けて罵倒など、なんの用だろうか？　そう思い、首を傾げるクロ。

「実はな、教師陣の中でお前に対する不信があるわけなんだが」

するといきなり──

「どうだ？　その証明と生徒達への実践での立ち回りの授業を兼ねて俺と一対一の立ち会いをしないか？」

そんなことを言ってきた。

「……はい？」

何でいきなりこんなことを言ってくるのだろう？　クロは突然現れたアイゼンに首を傾げる。

しかし、本人の返答を他所に──

「であれば、私が兄様と戦いますっ！」

横にいたアイリスが勢いよく手を挙げた。

そして、咄嗟にクロはその手を必死に下げさせる。

「お嬢さん、何勝手に言ってんだよ……ッ！　俺はよく分からん労働に付き合うつもりはないぞッ！」

「兄様、これも授業の一環です……ッ！　魔法士が騎士と立ち会う実戦は、魔法士を志す者には不可欠。せっかく向こうから提案してきたので乗らないわけにはいきませんッ！」

「ダウトだ本音を言ってみろッ！」

「兄様の力を引き出し、皆に見せつければ兄様の素晴らしさをお伝えできると思いましたッ！」

なら、なおさら首を縦に振るわけにはいかない。

クロは必死にアイリスの手を下げさせようと力を込める。

その時、剣術の教師であるアイゼンが割って入ってきた。

「アイリス……君が優秀なのは分かるが、ここは生徒の君ではなく教師の俺が戦うべ――」

しかし、言いかけた瞬間。

アイゼンの視界が唐突に一回転する。

何が起こったのか？　そう思い視線を上げると、そこには己の木剣を手にしてアイゼンに突きつけてくるアイリスの姿があった。

「そういうセリフは一丁前に私より強くなってから吐いてください」

抵抗する間もなく、気がつけば。

足を払われ、転げる間際に腰に帯剣していた木剣を奪われて、突きつけられた。

あまりにも鮮やかで速すぎる行動に、生徒達やクロですら思わず固まってしまう。

「先生がでしゃばると瞬殺されて兄様の素晴らしさをお披露目できないので、ここは私が戦います文句は受け付けておりません」

「…………」

アイゼンは自ら提案した話であるのに押し黙る。

生徒にここまで言われて何も言い返せないのは、アカデミートップの反感を買いたくないからか、それとも単に生徒に木剣を奪われた挙句に地面に倒されてしまったからか。

いずれにせよ――

「(なぁ、もうちょい言い方があったんじゃね……？)」

「(兄様を愚弄する阿呆に払う敬意などありませんよ)」

アイリスの好感度は、時すでに遅しのようであった。

「あら、何やら面白そうなことが始まるみたいね」

騒ぎを感じたカルラが、好奇心に従い近寄ってくる。

「だったら、試合の立ち会いは私がするわ。何があっても止められるの、クロが相手なら私ぐらいだろうし」

「おいやめろよ、気遣ってますよ的な態度は⁉　やりたくないから勝手に進行させないでッ！」

「でも、授業の一環になるわけだし……」

「お前らさっきからなんでも授業って言えばいいってわけじゃねぇからな⁉」

とはいえ、何やら話が進んでいる空気はヒシヒシと伝わってくるわけで。

アイリスもアイゼンの横で準備運動をし始めているし、剣術の授業を受けた生徒もこちらへ集まり始めた。

「……お前に任せるが、兄妹だからといって手加減はなしだぞ？　アイツの化けの皮を――――」

「いい加減シャラップですよ、先生。そろそろ私の堪忍袋の緒が切れてしまいそうです♪」

魔法の授業を受ける生徒達もザワつき始めているし、今更撤回できるような空気ではなかった。

そのことにクロは肩を落とすが、横に立っているカルラが耳打ちをしてくる。

「(まぁ、やってもいいんじゃない？　アカデミー最強の妹さんと戦うだけで、授業は進ませたも同然なんだから)」

「(……なぁ、不穏なアイリスの肩書きを初めて知ったんだけど)」

「(あら、知らなかったの？　あの子、剣術が主武器《メインウェポン》だけれど、実力の一点だけ言えばアカデミー内で右に出る者はいないわ)」

関心を寄せなかったクロが知る由もないが、アイリスが生徒会長に選ばれたのにはしっかりとした理由がある。

人望、成績、立場……色々あるが、一番はなんといっても総合的な突出した実力である。

教師をも凌ぐほどの戦闘能力。その実力は、学生の身でありながらすでに、王宮の護衛騎士からオファーが届いているほど。

だからこそ、アイリスが立ち会い役を買って出てもアイゼンは文句を言えなかったのだ。

「(マジか……妹はそっち方面でも才能が開花していたとは。お兄ちゃんの嬉しいような悲しいような心境が襲ってくる……)」

「(元気出しなさい。頑張ったら、私がご褒美あげるから)」

「(ご褒美?)」

「(そう、ご褒美)」

カルラは何故かほんのりと頬を染め、ゆっくりと口を開いた。

「(デートでも、ハグでもなんでもしてあげる。流石に婚姻前の男にそれ以上はできないけど……そ、その……あなたが望むこと、なんでもやってあげるわ)」

「(…………………)」

それを聞いたクロは――

「(はぁ……分かったよ。あとでこっそり膝枕な)」

「(はいはい、了解。この甘えん坊さんめ)」

カルラは嬉しそうな表情を見せると、クロの傍から離れる。

そして、準備運動をするアイリスに向けて腕を振るった。

すると、頭上から一本の黒く染まった剣がアイリスの横へと突き刺さる。

「それを使いなさい」

「……これで兄様に怪我でもさせたらどうするつもりなんです？」

「木剣じゃ話にならないからあげてるのよ。五秒でノックダウンされたくなかったら、大人しく使いなさい」

アイリスも、他の生徒達も意味が分からなかった。

木でできているとはいえ、それなりに丈夫に作られたものだ。

当たりどころが悪ければ命も落とすし、怪我だってする。それなのに、話にならないとは。

カルラの言葉にアイリスは眉を顰めるが、兄の凄さを信じて剣を手に取る。

それを見て、クロは大きくため息をつき——

「……っていうわけだ。今日の授業は近接戦を主軸とする相手との立ち回りの仕方についてだ」

クロは少し離れた魔法の授業を受けている生徒に向かって言い放つ。

「基本的に魔法は遠距離や中距離を目的とした武器。ある程度魔法を学んできたお前達はそういうものだと自然に認識《イメージ》していることだろう」

その間に、カルラは「始めっ！」と、クロのことを気にせず口にした。

「だが、それは間違いだ」

アイリスの体がブレる。

すると、クロの背後へ一瞬にして距離を詰めたアイリスが剣を振り上げた。

目で追えないほどの速さ。気がつけば背後。

いきなりアイリスが迫ってきたことに、生徒達のどこからか声が聞こえた。

『あ、危な……ッ⁉』

「魔法士は、探求者だ」

だが、クロは背後を振り向かない。

その代わり――

『『『ッ⁉』』』

アイリスの体を拘束するかのように、何本もの透明に輝く柱が地面から飛び出した。

「あらゆる可能性を想定し、あらゆる行動に対処する知識を有しないといけない」

つまり、と。

「近接戦もできてこその魔法士」

クロは振り返り、輝く柱に挟まれて身動きの取れなくなった妹へ口元を吊り上げた。

「遠距離戦だけが魔法士の戦いじゃないってことを、今日の授業の主軸としようか」

アイリスの頭に疑問符が浮かび上がる。

自身の体をびっしりと挟み込むように生まれた透明な結晶の柱。

己の実力を過信しているわけではないが、ある程度の鉱石や岩は腕力で破壊できると思っていた。

しかし、これは――

「炭素の塊だ」

不思議に思っているアイリスに、クロは答える。

「なんの変哲もない、単純な炭素。不純物すらない完璧な鉱石。これは炭素を強固に圧縮しただけのものだ。つまり――」

「……なるほど、ダイヤモンドですか」

「正解」

炭素原子の集合体を含んだ岩石が高温で溶けると炭素原子が出てくる。

これが高温で高い圧力がかかる環境で炭素が強く結びつき、ダイヤモンドの結晶が形成される。

本来であれば長い時間をかけて生まれるものなのだが、クロの魔法によって経過時間を省略、自在に生成することが可能。

それによって生まれた鉱石は、世界一の硬度を誇る。

「さて、授業の続きをしよう」

クロはアイリスの拘束を解き、一歩距離を取る。

これで終わりなどもったいない。

アイリスは口元を吊り上げ、確かな高揚感を覚えながら漆黒の剣を握り直す。

(は、ははっ! アカデミーでこのような気分は初めてです! 流石は兄様です!)

アイリスはアカデミーの中でトップの実力を持つ。

それは、教師をも凌ぐほど。

故に、アイリス以上の強者がいなかったのだ。ヒリつくほどの高揚感を与えてくれる人がいなかった。

だからこそ、湧き上がる挑戦欲。

兄に敵わないと、本当の意味で理解したアイリスは、ご令嬢らしくもない獰猛な笑みを浮かべた。

一方で、クロは生徒達に聞こえるように説明を始めた。

「何故、魔法士は近接戦の知識も有しておかなければならないのか? 単純な話……周囲がお前達の思っているように『魔法士は遠距離戦』という認識だからだ」

魔法は基本的に新しい事象を生み出すもの。

騎士とは違って、直接懐に潜り込まなくても遠距離から相手を狙うことができる。

故に、それをメリットだと、分かりやすいアドバンテージだからこそ、自他共に戦闘方法の認識が固定される。

そのため、魔法士はそのメリットに磨きをかけようとする。

「あぁ、分かっている。肉弾戦じゃ騎士には敵わない。俺達が魔法を学んでいる間に、彼らは自身の身体能力《フィジカル》を鍛えているのだからな」

クロが生徒達に向かって言うと、一人の生徒が手を上げる。

『であれば自分達は魔法を磨くべきなのでは？ 近接戦では敵わないのなら――』

「逆に言うが、もし近接戦に持ち込まれたらどうする？」

『そ、それは……』

「別に俺は肉弾戦では敵わないと言っただけだ」

生徒が口籠っている時、アイリスの体がまたしてもブレる。

次に現れたのは、クロの右脇腹……完全なる死角。

（この距離であれば、先程の魔法は使えません！ 何せ、行使する魔法の範囲に魔法士本人も重なっているのだから！）

あとは剣を振り抜けばいい話。

もう、兄だからといって容赦をするアイリスはいない。

全力で、目に追えない速さの一振りを――

「甘えたことを言っていると、こんな風に騎士は魔法士との距離を縮めようとしてくる」

首を捻ったクロの真横から小さな石の礫が飛んでくる。

クロの首によって隠されていた完全な死角。アイリスが狙っていたように、同じ方法で鋭い一撃が剣を振り抜くよりも先にアイリスの頭に叩き込まれた。

「ッ⁉」

「それこそ、騎士の定石。言うなれば、魔法士は懐に潜り込ませないようにするのに対して、騎士は懐に潜り込むことこそを魔法士との戦闘での定石とする。何せ、近接戦では相手が自分に敵うわけがないと思い込んでいるからだ」

アイリスの重心が後ろに下がる。

その時、クロは鳩尾に向かって思い切り蹴りを放った。

「魔法士は探求者」

口元を吊り上げ、生徒達に……アイリスに向かって口を開く。

「この世にない神秘を追い求め、己の『願望』を叶えんとする生き物。定石に囚われている時点で、魔法士としては落第点もいいところだ」

あり得ないものを創造するから、あり得ることを前提にしてはいけない。

あり得ないものを追い求め、多くの可能性について探求していく。

これこそが、魔法士。

現代の最高峰に立つ人間が認識している、魔法士の在り方である。

「想像してみろよ、相手は懐に潜り込めば勝てると勘違いしている騎士だ。そんな相手が、懐で戦われた際の想定なんてしていると思うか？」

『『『『…………』』』』

「想定から外れた時点で、想定していた人間に敵う道理なんてない」

　クロが地面に手をつく。

「そして、それを想定するのが魔法士だ」

　すると、距離が離れたアイリス目掛けて地面から幾本もダイヤモンドの柱が襲い掛かる。

(兄様、容赦なさすぎ……ッ！)

　持ち前の身体能力《フィジカル》で回避していく。

　右に転がり、身を捻り、後方に下がって。追いかけてくる柱を躱す。

　砕く……などという選択肢は、種明かしをされた時点で考えてはいない。

　何せ、この物体は世界一硬い鉱石なのだ――己の一振りで砕けるイメージが湧かない。

(確かに、あの女が木剣だと話にならないと言っていた理由が分かります！)

　軌道を逸らすために柱に剣を当てる。

　案の定、砕くイメージができない、鈍い感触だけが手に伝わった。

　これが木剣であれば、間違いなくこの一回だけで壊れていただろう。

(しかし、そもそも懐に入らなければ何も始まりません……ッ！)

　一つの柱を屈んで躱し、距離を詰めようと駆け出す。

すると——

「なッ⁉」

「言っただろ、相手の想定外を想定するのが魔法士だって」

眼前にクロが現れた。

自分が距離を詰めようとしていたルートに先回りするような形で。

「別に肉弾戦を磨けって言っているわけじゃない」

ゴッッッ！！！と

次の瞬間、アイリスの後頭部に鈍い音が響いた。

目の前にいたクロが何かをしたわけじゃない。目の前にクロがいたから、アイリスはクロを警戒してしまっただけ。

それ故に生まれる一瞬の空白。

だからこそ、背後から放たれた石の礫に意識を向けることができなかった。

「近接戦でも戦える魔法も探求しろってことだ。相手が身体能力《フィジカル》を磨く間に、俺達は魔法士らしく魔法を学んでいるんだからな」

アイリスの意識が薄れゆく中、崩れ落ちそうになる華奢な体。クロはアイリスの体を優しく抱き留め、生徒達に向かってキッパリと言い放った。

「見た目かっこよさを重視して強大な魔法を必死に覚えるより、前線で戦うならまずは想定外を想定する方がいいと思わないか？　質問《いいぶん》があるやつは、遠慮なく手を上げてくれ」

生徒達が手を上げることはなかった。

質問《いいぶん》を見つけられないほど……今の戦闘に納得してしまったのだから。

「勝者は……まぁ、言わなくてもいいわね」

ダイヤモンドの柱が消えていく。

それを確認したカルラは肩を竦めて、アイリスを背負い始めるクロへ近寄った。

なお、二人は──

「ふ、ふふっ……流石は兄様です、ますます惚れてしまいそうです……」

「おい、大丈夫か？　綺麗に当てたから大丈夫だとは思うが、あとでちゃんと医務室に……」

「いえ、結構です……これも兄様からの愛情表現だと考えればむしろご褒美……」

「お前はまともに心配すらさせてくれないのか」

相変わらずのマイペースっぷりを見せていた。

カルラは合流すると、苦笑いを浮かべる。

「お疲れ様。この子も負けたのに相変わらずね」

「タフネスなのか、ポジティブな精神が異常なのか……俺には判断がつかんがな」

「愛情が重いんでしょ、確実に」

そういえば、と。

クロは離れた場所で見ていたアイゼンへと視線を向ける。

「これでいいか？」

「ッ⁉」

「別に不満ならお前と戦《や》ってもいいが……そもそも、学園長《ババア》が認めた時点でてめぇらがどう思おうが知ったこっちゃないんだ。そこら辺、理解してくれ」

「～～～ッ⁉」

何か言いたげに拳をワナワナと震わせるアイゼン。

認めたくないという気持ちがありありと伝わってくる。

それが余計にも馬鹿らしくて、クロはため息をついて己の担当する生徒達の下へと向かった。

「今のを見てまだ納得できない時点で、あの人の実力も知れたようなもんね」

「……所詮は戦場に立ったことのない井の中の蛙です。兄様とは比べること自体が、烏滸がましいのです」

「まぁ、気に食わない理由も分かるがな」

自分は自他共に認めるクズ貴族。

プライドや誇りを持っている人間が土足で上がり込んで気に入るわけがない。

それが同じ教師という立場であれば、なおさら気に食わないだろう。

「魔法士には考えられない話ね」

「だな」

「どういうことです？」

アイリスが首を傾げる。

「魔法士はこの世の事象に干渉できる人間だ。騎士が剣を握って努力をするように、魔法士は事象について考え続けなきゃいけない」

「だけど、この世で見てきた事象なんて限られてくるわけでしょ？　いつかは自分の知っている固定概念を崩さなきゃならない時がくるの」

「未知を発見し、探究し、理解する……思い込みなんてしない、こっち側にいるやつはそういうやつらばかりなんだ」

つまり、常識や固定概念に囚われることを知らない人間ばかり。

クズだ馬鹿だあり得ない……なんて思っている人間とは、そもそも考え方が違うのだ。

「ま、学生には難しい話なんだけどな」

「むぅ……いつか兄様と肩を並べられるようになりたいです」

「なら、真面目に授業を受けることだな。何せ、今のアカデミーで魔法を教える人間はそういうやつらだ」

王国の中でも最高峰の魔法士。

その第七席と第八席が同時に魔法を教えているのだ。

これ以上の環境はない。同時に、それらの根本を理解できる環境が揃っている。

アイリスはクロの背中に顔を埋めながら「兄様を迎えてよかったです」と、生徒会長らしいことを思った。

三人は少し歩いて魔法の授業を受ける生徒達の前へとやって来る。

そして――

『あ、あのっ！　今の戦い方なんですけど！』

『どうすればあんな風に魔法を行使できるんですか⁉』

『本当に「英雄」様だったんですね⁉　今の、どこからどこまで想定していたんですか⁉』

「何事俺モテ期⁉」

押し寄せる生徒達の群れ。

きっと、圧巻な立ち合いからようやく我に戻れたのだろう。

味わうことのなかった、あまりの人気っぷりに、慣れていないクロは思わず戸惑ってしまった。

「落ち着け、ステイ！　ハウス！　俺は箱から飛び出してきた王子様じゃないのよ、人気者枠に入れられても困る！」

「ふふん、ようやく兄様の素晴らしさを理解しましたか……うぅ、頭が……」

「はいはい、ブラコンはこっち来なさい。応急手当ぐらいはしてあげるから」

しっかりと頭にダメージが残っているアイリスはカルラに回収されて、訓練場の端まで連れていかれる。

この場に残されたのは、教師であるクロ一人。

頼れるサポーターが二人も離脱しやがった……ッ！　と、群がる貴族子息子女に囲まれながらクロは舌打ちをした。

一方で――

『ふんっ、多少魔法を使えるからって調子に乗りやがって』

『どうせアイリス様が手加減したんだろ』

『本当に第七席か怪しいもんだ』

などなど、クロに群がらず嫌悪を滲ませる生徒の姿も。

あの戦闘を見ても、未だにクロの存在が気に食わないようだ。

(アイゼンっていう教師もそうだが、貴族ばかりが集まる学び舎っていうのも考えものだな)

プライドが強くて、他者を見下したくなる。

自分の方が特別なのだと、この環境を変えたくない。

一年生の場合は若いが故に感情的になりがちだが、ある意味変化に流されやすい。

簡単に言うと、注意して納得してくれれば真っ直ぐ育ってくれやすいのだ。

逆に、特別意識を持ったまま育ってしまうと――

（……ま、俺が言えた義理じゃねぇが）

堕落を好んで生きてきたクロは頭を掻いて苦笑いを浮かべる。

そして、群がる生徒たちに向かって両手を上げた。

「分かったよ！　順番に答えてやるから一人ずつ喋れ！　でも言っとくが、チャイムが鳴るまでだからな⁉　勤務外労働なんかしてたまるかッッッ！！！」

結局、クロは終了のチャイムが鳴るまでずっと、実技の練習など質問攻めに遭ったのだが

……それは余談である。

第五章　回想～優しい兄様～

アイリス・ブライゼル。

クロの両親が「女の子がほしいから」という理由で孤児院から引き取った少女。

ただ、これはクロも知らない話なのだが……彼女は、別にそのような理由で引き取られたわけではない。

昔、ブライゼル公爵家に幼い頃から仕えていた使用人。

彼らが事故によって命を落とし、クロの父親である当主が遺されてしまったアイリスを引き取ったのだ。

どうしてそれを言わなかったのか？　単に、アイリスに気を遣うことなく家族として受け入れてほしいという願いがあったから。

しかし、それはマイナスな方向へと作用してしまう――

「おーい、飯だって。聞いてんのか？」

「…………」

「なんだよ、こいつ……」

引き取られたばかりの頃。

アイリスは生気を失ったかのような人形であった。

まぁ、それも当然だろう。八歳にも満たない子供が唯一の肉親を失ったのだから。

だが、事情を知らないクロは「愛想が悪いやつだな」と、アイリスにいい印象は持っていなかった。

(……まぁ、別にどうでもいいか)

自分は忙しいのだ。

教養にマナー、剣術に魔法。立派な公爵家の当主となるために、自分は努力しなければならない。

得体も知れず、不愛想な義妹に構っている暇などないのだ。

――この時のクロは、十二歳。

社交界に本格的に顔を出し始め、貴族としての責任を持ち始めた頃。

子供らしさは、もうあまり残っていない。

王族に次ぐ公爵家の次期当主として、役目を果たさなければ――

(……楽しく、ない)

一方で、アイリスの心は沈んでいくばかりであった。

平民であり、決して裕福な家庭ではなかったが、毎日両親に囲まれて楽しい日々を送っていた。

両親から聞く公爵様の話は面白かった。

いつか、自分も両親と同じように公爵家の使用人として務めるのだと、一生懸命勉強して
――

（……死にたい）

しかし、現実は予想外で非情なものであった。

両親のようになるのだと意気込んでいた結果が、違う形で公爵家の一員となってしまった。

周りを見渡しても、笑いかけてくれた両親の姿はない。

あんなに輝いて幸せ色に染まっていた日常は、もう残されていない。

（……死にたい）

両親が亡くなって四日。公爵家に迎えられて三日。

幼いアイリスの心は、ついに限界を迎えてしまった。

こんな場所にいても楽しくない。

私に幸せ色を見せてくれていた両親のところへ逝こう。

そう思ってその日、アイリスは一人こっそり抜け出して、屋敷の近くにある森へと足を運んだ。

確か、昔両親と一緒にピクニックに来た時、高い高い崖があったはず――

「馬鹿、野郎……ッ！」

アイリスの手を誰かが引っ張る。

自然と足を運んでしまっていた崖から遠ざけるように、一人の少年が自分の体を抱き抱えた。

「何考えてんだ、お前⁉　危ないだろ、死ぬ気か⁉」

誰だろう？　と一瞬思ったが、初日以来、話したことがなかった兄だと、アイリスは理解した。

その少年が、焦りを滲ませた顔で自分を強く抱き締めている。

「……死にたい」

「あァ⁉」

「楽しくない、お父さん達がいない世界で、生きたくない」

自然と、アイリスの瞳から涙が零《こぼ》れてくる。

それは、自分の口から「お父さん達」というワードが漏れてしまっただろうか？　流れてしまった涙は自然と嗚咽へと変わり、風が肌を撫でる静かな森の中で、アイリスのすすり泣く声だけが響いた。

「…………」

先程まで怒っていたクロは、何も声を発しなかった。

自分の背中を優しく擦り、アイリスが泣き止むのを待った。

ただ、一瞬だけ。アイリスの耳に「ごめん」という言葉が聞こえたような気が――

◆　◆　◆

結局、あの日のことは誰にも知られることがなかった。

クロは「アイリスと遊んでいただけ」と、森に行ったことを伝え、「子供だけで行く場所じゃない」と怒られたのだが、それ以外は特に特別何かがあったわけではなかった。

アイリスも、死ぬことはなかった。

しかし、その日から明らかに変わったことがある──。

「おい、アイリス！　見ろよ、新しいボードゲームを買ってみたんだ！」

クロが毎日のようにアイリスの下へ遊びに来たのだ。

「……これ、なに？」

「ん？　俺もよく分からないんだが……とりあえず、遊んでみれば分かるだろ！」

知らないボードゲームを持って来ては、無理矢理付き合わせる。

「よし、街へ遊びに行こう！　大丈夫、護衛がいれば怒られることはない！」

「……昨日も行ったけど」

「まだまだ行ったことも遊んだこともない場所がある！　気にするな！」

時には着替えさせられて、街や森へと連れて行かされる。

そんな気分じゃないと言っても、クロはアイリスの手を引っ張り続けた。

「いいか、アイリス。二度寝こそが至高なんだ……日が昇って昼食時になるかならないかぐらいまで寝ると、とても気持ちがいい」

「……お勉強は、しないの？」

「ハッハッハー！　サボってなんぼだ、嫌なことからは目を背ける生活最高！」

クロは変わった。

アイリスの目から見ても真面目だった子供が、いきなりだらしなく自堕落な生活を送り始めたのだ。

両親から、教師から怒られようとも関係ない。

アイリスの下へ足を運んでは、貴族らしくもない自由な姿を見せている。

「いいか、妹《アイリス》？　好きなことを好きな時にやる。これほど楽しいことはないぞ？　金ならあるし、時間だってたっぷりあるわけだからな、好きなように生きなきゃもったいない！」

……あぁ、分かっている。

流石の自分も、どうしてクロがこのようなことをし始めたのか分かっている。

あの日、死にたいと思っていた私が漏らした言葉を、この少年は払拭しようとしているのだ。

人形から、人間へ。

失ったと思っていた幸せな時間を、クロは別の形で取り戻そうとしてくれている。

好きなように生きて、楽しいことをする。

そんな当たり前のことを自らの性格を曲げてまで、自分に教えようとしてくれている。

「……ぷっ、あはははははっ！」

「……へ？」

「ば、馬鹿じゃないですかっ、兄様は！」

そうしていくうちに、自然とアイリスの顔から笑みが生まれた。

「あの……どうして泣いてるの、兄様？」

「ば、ばっか泣いてないわい……ちくしょう、マジでさ……不意はヤバいって」

この瞬間がクロにとってどれだけ嬉しかったことか……アイリスは知る由もない。

ただ、今の笑顔を境に——アイリスの心は、自然と溶けていってしまった。

（あぁ、兄様……）

もしも、自分が人形のままだったら。

きっと、この先の人生で一度も笑みを浮かべることはなかっただろう——

◆　◆　◆

「あの時、どれだけ私が救われたか……きっと、兄様はご存じではないのですよね」

「ん？　いきなりどうした？　っていうか、しれっと俺と同じベッドで寝る妹へツッコミは入れてもいいのか？」

兄と一戦を交えたあと。

自宅に戻って夕食を共にし、就寝準備を済ませ、勝手に兄と同じベッドに潜り込んでアイリスが唐突にそんなことを言ってきた。

「ふふっ、好きなことを好きな時にやる……兄様が教えてくださったことではありませんか♪」

「都合よく改竄されているような気がせんこともないんだが……」

そうは言いつつ、クロはアイリスを引き離すことはしない。

まるで、妹のやりたいことを尊重しているかのように——

（相変わらず、お優しい兄様）

アイリスはそっとクロの腕に抱き着き、目を伏せて優しい温もりを味わう。

（今の私があるのは、兄様のおかげです）

自堕落で、節操がなくて、怠け者だけれど。

間違いなく絶望の中にいた私に光を当ててくれた英雄《ヒーロー》。

自分は、兄が素晴らしい人だということを知っている。

今はもうすっかりクズ貴族として染まってしまったが、やっぱり根っこの部分は変わらない。

(兄様、私はあの時から……クロ様を、お慕いしております)

アイリスは昔のことをもう一度思い出し、いつものように兄の温もりを感じながら深い眠りへとついたのであった。

第六章　誘拐事件

クロがアカデミーの教師になってから一週間が経った。

ある程度教師生活にも慣れ、クロの名前は今まで以上に有名となっている。

悪い意味で言うと「クズ貴族が土足で入り込みやがって」というもの。いい意味で言えば
「あの『英雄』が魔法を教えてくれる」というものだ。

これまで、クロが担当する生徒全員には何度か授業を行った。

その評判は違う学年にも広がり、綺麗に評価が二分したような形。

元より周囲の評判など気にしないクロは、時々教師陣からのチクチクとした視線を浴びながら、ここ一週間教鞭をとっていた。

「何故俺がお日様の下で、歩け歩け大会をしなくてはならんのだ……」

朝の通勤。その際中、クロから愚痴が零れる。

クロがアカデミーに通勤する際は、基本的に徒歩である。

理由は単純で、公爵家の屋敷からアカデミーのある王都まで然程《さほど》距離がないからだ。

それでも、片道三十分は超えるほどの距離。クロとしては馬車の用意をご所望ではあるのだが、アイリスが「馬車を使えば兄様との通学デートが短縮されてしまいます！」とのことで、

使用人へ馬車を出すのを禁止したため乗ることはできない。

今はアイリスが生徒会の仕事で先んじてアカデミーへ行かなければならないため隣にいない。

(こういう時ぐらいは馬車で行かせてくれたっていいじゃない……)

しかし、これを機に堕落な兄を更生させたい妹は、融通を利かせない。

自堕落でクズなクロより勤勉で成績優秀なアイリスの方が家庭内で発言力があるのは言わずもがな。必死にねだっても「アイリス様を説得してください」の一点張りにより、クロは今日もアカデミーまでの道のりを歩け歩け大会していた。

「あー……もう帰りたい」

クロの嘆きは朝から活気に溢れる街の中に消えていく。

それでも「面倒臭い」オーラをプンプンと漂わせるクロ。

その時――

「…………あ」

ふと正面の少し先に、学生服を着た表情の乏しい端麗な顔立ちをした少女が視界に入った。

それは向こうも同じなのか、ゆっくりと近づいてきた。

「……先生、おはよ」

「なんだ、ルゥか」

「……ん」

ルゥはクロの横に並ぶ。

一緒に行くのか、と。クロは少し苦笑いを浮かべてそのまま歩いた。

「……先生、疲れてる？」

「疲れてるっていうより、この溢れる無気力感は面倒臭いからだ」

「……サボりはダメ。先生には興味ないけど、先生の授業、面白い」

がっしりと、ルゥがクロの腕をホールドする。

逃がさないようにしているのだろう。これでは回れ右が悲しいことにできない。

（アイリスに見られたらドヤされそうな構図……）

とはいえ、ルゥにはアイリスが懸念しているような想いはないだろう。

単純に、魔法が好きで魔法を教えてくれるクロがいなくなってしまっては困るから。

授業に関心を持ってくれない生徒よりかはいいが、この構図だけはどうにかしたいと思ってしまうクロである。

「逃げないから、とりあえず腕離してくれね？　これじゃあ、誰かに見られたら熱愛報道一択よ」

「……私は先生に興味はない」

「人は心の中までは分からないものなのだよ、先生からの教えだ」

それでも、腕を離そうとはしないルゥ。

あまり矢面に立って積極的に動くような人物には見えなかったが、二人きりになるとどうにも自己中精神が働くらしい。

新たに生徒のことを知ったクロは喜びとは正反対のため息をついた。

その時――

『なんだ、あれ？』

『空に何か飛んでるぞ⁉』

『人⁉　いや、でも翼が……』

辺りを歩いていた王都の人達が、空を見て騒ぎ始める。

それと同時に、クロ達も地面に何やら一つの影が射し込んでいるのに気づいた。

気になり、ふと空を見上げる。

すると、そこには高らかと飛んでいる翼を生やした子供のような人間が――

「……はい？」

――真っ直ぐこちらに向かってくる姿が映った。

その人間は止まることなく、激しい衝撃音と熱を発しながら……クロの目の前へと降り立った。

辺りの人間が騒ぎ始める。

しかし、そんなことなど気にも留めていない、翼の持ち主は真っ直ぐにクロを見た。

黒色の髪にピンクのメッシュが入った小柄な少女。あどけなさが残る端麗な顔立ちをしているものの、どこか異様な雰囲気を漂わせている。

それは、背中から生えている真っ赤な熱を発している翼のせいだろうか？　しかし、その翼は少女が指を鳴らしたことで消える。

そして――

「やっと見つけましたよ、英雄様っ！」

「Ｏｈ……」

その少女は思い切り、クロの胸へと飛び込んできた。

一方で、クロはさめざめと泣きながら空を見上げたのであった。

「……先生、この人誰？」

「お嬢さんもマイペースだね。一応、皆々様はちょっとした騒ぎを起こしてるんだが」

驚く様子もなく、胸に頭をグリグリと擦る少女を見て、ルゥは首を傾げる。

「はぁ……あー、こいつは王国の魔法士団に所属する女の子で――」

「英雄様……こいつ、誰です？　ぶっ殺してもいい害虫ですか？」

「とりあえず説明させてくんない⁉　これじゃあ、いつまで経っても話も進まないし自己紹介もできないでしょうがッ！」

ハイライトが消えかかっている瞳がどこか怖く、クロは力強く少女を引き剥がした。

「……王国魔法士団、第九席――レティ・クラソンです。これでいいですか？」

「はぁ……ほんと、適当だな」

「だってー、英雄様以外には無関心な女の子なんで♪」

少女――レティは、可愛らしい笑みを浮かべて、もう一度クロに抱き着いた。

しかし、すぐさま首を傾げる。

「っていうか、結構あっさり認めるんですね。もうちょい『俺は別に英雄なんかじゃない！』って言うのかと……せっかく英雄様のあれこれを調べてきたのに」

「……どうせもうある程度の人は知ってるんだ。お前ならいつかは絶対調べあげるだろ」

「その通り♪　執拗に執着……英雄様の素性こそ分からなかったですけど、今となっては素性も身長体重も好みのタイプまでびっしり揃っていやがります！」

「……先生、逃げなくてもいいの？　新手のストーカーさんだよ？」

「新しくもない、ちゃんとしたストーカーさんだから安心しろ。こいつが英雄《おれ》を推している段階で、何言っても無駄だ」

レティ・クラソン。

王国最強の魔法士集団に最年少で加入した、正真正銘の天才児。

席順は九席で、クロやカルラの直近の後輩に当たり、クロとカルラ同様に一人で戦場を動かしてしまえるほどの願望《まほう》を有している。

ただ、人よりも異常にクロに執着しており——

「あ、そうですっ！　今日は英雄様に挨拶に来たんですよー！」

レティは胸から顔を離してクロを見上げる。

「本当はもう少し……おじいちゃんおばあちゃんになるまで一緒にいたかったんですけど」

「それは、もう少しってレベルじゃないな」

「……人が生きてる限りの最長に近い」

「私、ちょうど任務を受けることになっちゃってー」

王国魔法士団は、個人ではなく国から任務を受ける。

規模は基本的に一般の魔法士や騎士でも対応ができないものばかりで、文字通り最大戦力で臨まないと解決しないものや未解決な案件ばかり。

任務を積極的に受けていないが自ら首を突っ込むクロは慣れているが、横にいるルゥは目指すべきトップの話に少しばかり反応してしまう。

「ほら、英雄様って今誘拐事件を追ってるじゃないですか？」

「言ってないのによく知ってるな」

「それで、未だに中々尻尾を掴めていないじゃないですか？」

「言ってないんだけどな」

「だから、英雄様のために私が解決してあげようと思いまして！」

ドヤァ、と。レティは可愛らしく胸を張る。

別に任務はブッキングしていい。報酬が分けられてしまうものの、任務をこなせればそれでいいからだ。

正直、クロもクロでありがたい。

教職員という立ち位置になってからあまり注力ができておらず、情報も集められていないのが現状。

元より金に執着していないクロにとっては、報酬よりも早く解決する方がいいのだ。

「助かるわ、レティ。正直かなりありがた――」

「成功した暁には、英雄様のいつも着けているお面を一つ所望します！　英雄様コレクションに追加するので！」

「……そんなんでよかったらやるよ」

「やりぃ！」

レティが心底嬉しそうなガッツポーズを見せる。

そして、徐に肌を焼くような真っ赤に燃える翼を生やして空に飛んだ。

「っていうわけで、応援してくださいね英雄様ー！　それと、ちゃんと教師しているみたいで安心しましたー！」

そして、レティはそのまま彼方へと飛び立っていってしまった。

騒がしい人間がいなくなったとしても、王国魔法士団の人間が騒がしくしてしまった場所は未だに騒がしく。

火の手が少しだけ上がっており、街の人達は吹き飛ばされた商品と一緒に事態の収拾に追われていた。

その姿を見て――

「……これ、俺も手伝わないといけないやつだよな？　風評通りのクズっぷりを発揮して素通りとか可能？」

「……ダメ、勤務外労働しなさい。仕方ないので、私も手伝ってあげる」

はぁ、と。通勤時よりも重たいため息をついて、クロは街の人達と合流していった。

◆◆◆

「魔法を完成させるにあたって、実はしっかりとした過程が存在する」

騒がしい来訪者が目の前に現れたそのあとの一年生、Ａクラスの授業。

クロは簡易的な図を黒板にチョークを走らせていく。

「構造の理解。漠然としたイメージで魔法を使っていた魔法士であれば考えていなかったであろう過程。これから話す内容は、この前大事だって教えた理解を向上させるための授業だ」

教室には、初めて訪れた時から少しばかり人数が減っていた。

クロの授業を受けたくないと、ボイコットをしている生徒達だ。

今この場にいるのは、クロをある程度認めたうえで学ぼうとしている者である。

「と言っても、あんまりピンとこない生徒もいるだろうから……」

クロは顎に手を添えて少しだけ考える。

そして、すぐさま閃いたかのように顔を上げた。

『製緑《ガーデン》』という植物を生む魔法があるだろ？　あれで例えてみよう」

クロが床にチョークを向ける。

すると、詠唱もなしに腰まである木が出現した。

「この中で、今の魔法がどうやって成立したか分かる者はいるか？」

周囲に投げかけるように視線を向ける。

その時、我先にと第三王女であるミナが手を上げた。

「種を生み出して、水をあげて……でしょうか⁉」

「安直だが、実はそれが答えだ」

クロは指を鳴らして、生み出した木をその場から消した。

「魔法は料理と少し似ている。素材を用意して、調理する……すると、新しい事象として料理《まほう》が完成するんだ」

生み出したい事象の元を考える。

大きな火を起こす魔法を使いたいと考えた場合、どうすればいいだろうか？　火種を作り、酸素を過剰に浴びせる？　それとも可燃物を一気に投下する？

魔法は素材という原点から過程を経て、事象として成立するのだ。

今回で言えば、種という素材を用意して水をあげるという調理の過程を踏んだ。本当は成長を促進する時間も含まれているのだが……一年生の授業でここまで理解すれば正解といっていいだろう。

「漠然としたイメージで魔法を使用した場合、本来踏んでいるであろう過程を意識できない」

クロは周囲を見渡して一拍間を空ける。

「これが理解の中に含まれるもの。素材が違えば、調理が違えば起こる事象も変化し、マイナスに働くこともあれば洗練されて昇華することもある。逆に手順を省けるかもしれない」

「なるほど……」

ミナは頷き、必死に筆を走らせる。

その姿を見て、クロは思わず苦笑いを浮かべてしまった。

(初めはあんなに喧嘩を吹っかけてきたのに、大人しいもんだ)

この教室の中で……いや、アイリスを除いた受け持っている生徒達の中で、ミナは一番授業に積極的だ。

自分が時間外労働を嫌がる性格のため授業後の質問はないが、授業中に積極的に質問をし、答えようとしてくる。

労働などクソ喰らえではある。しかし、こういう生徒がいると嬉しく思ってしまうのもまた事実なわけで――

（少しぐらい、ミナのためなら時間外労働をしてもいい気になるんだよなぁ）

これが教師か、と。

一週間を経て、ようやく誰かに教える楽しさに触れたクロであった。

◆◆◆

「可愛いでしょ、うちの妹は」

授業が終わり、昼食を食べるために設けられた昼休憩。

魔法の授業を受け持つ教師に与えられた一室にて、唐突にカルラがそのようなことを言ってくる。

「いきなりどったの？」

「いや、膝枕中に沈黙って少し気まずいじゃない？　だから少し相棒同士の親密度を深めるために、会話でも広げようかなーって」

いつぞやの決闘のご褒美。

その時にした約束が、現在ソファーの上で行われていた。

一週間が経って今行われているのは、アイリスが絶対に来ないであろう時間を見計らうためである。

そうしないと、今の光景を見た妹がどうなるか分からない……クロは分かっているのだ。嫉妬に駆られた妹がどうなってどう騒ぐのかなど。

ちなみに、アイリスは現在生徒会の活動でアカデミーの外へ出ている。

「んー……容姿はまぁ、お前に似て綺麗だとは思うな。初めは突っかかってきて可愛げがなかったけど、今は授業も積極的だし、呑み込みも早い」

「それで？」

「あいつのためなら、時間外労働もしてもいいかなーって思うぐらいには可愛いと思う」

「あら、それならだいぶ気に入ってくれたようね」

クロの性格をよく知っているカルラは、可愛い妹が褒められて口元が自然と綻ぶ。

「実際、あの子って才能はあるみたいなの。もう一人の妹は内政方面に進み始めちゃったけど」

「……」

「正直、一年生で一番才能があるのはルゥだ」

「特待生枠の子ね」

「ただ、流石はカルラの妹ってだけはあるな。願望《まほう》に手が届きそうな片鱗はチラチラ見えてるよ……他の兄妹は？」

「んー……男連中は剣術ばかりよ。やっぱり、男の子って騎士様《ナイト》に憧れるものなのね」

「それか白馬の王子様だな」

膝枕をされながら、クロはカルラの顔を見上げる。

端麗な顔が眼前に映り、妙に鼓動が速くなってしまう。

「んで？　なんでいきなりそんなことを聞いてくるんだ？」

「ちょうどね、久しぶりに一緒に昼食を食べようって話になってるのよ」

「は？」

カルラがそう言った瞬間、部屋の扉が開かれる。

そこから姿を現したのは、カルラと似ているプラチナブロンドの髪を揺らす可愛らしい少女で——

「し、失礼します……って、えぇっ⁉」

……少女《ミナ》は、ソファーで膝枕をされているクロを見て驚いたような声を上げた。

それを見たクロはそっと、未だに動こうとはしないカルラへジト目を向けた。

「……絶対さ、呼ぶタイミングか膝枕するタイミングが違うと思うんだが、どっちだと思う？」

「ふふっ、姉妹だろうが私は遠慮しない性格なの。使える相棒特権は使っておくわ」

なんの話をしてんだよ、と。

クロは可愛い生徒への言い訳を考えるために、そっと天井を仰いだのであった。


「いいか、ミナ……理解の限度は方程式が成立するまでじゃない。一度答えが出たからといって、それが完璧とは言い切れないんだ」

「な、なるほど……」

自作したであろう弁当を食べながら、ミナは食い入るようにクロの話を聞く。

クロもまたアイリスお手製の弁当を食べながら真面目に語っていた。

その光景を、カルラはどこか嬉しそうに鼻歌を口遊みながら見ている。

これぞ平和な一日で起こる平和な一幕。

のどかで学び舎らしい空間である。

「っていうかやけに上機嫌だな、カルラ」

鼻歌を鳴らしていたカルラに気づいたクロが尋ねる。

「ん？　あぁ、ミナがこうしてあなたに懐いている姿を見ていると、つい嬉しくてね」

先程見せつけるようにアピールしていたのだが、それはそれ。

妹がクロの話を真面目に聞き、クロも面倒臭がりな性格を曲げてまで、教えているのが嬉しいのだろう。

よく分からんわ、と。クロは一口頬張った。相変わらずアイリスは料理が上手だな、とも思った。

「そういえば、カルラお姉様と先生はいつからお知り合いなのですか？」

唐突に、ミナは二人に向かって尋ねる。

「んー……いつからっていうのは少し難しいが、知り合ったのはアカデミーじゃないか？」

「あなた、社交界にびっくりするほど参加しなかったものね。でも、一応初めましては子供の頃のパーティーよ」

「だったっけ？」

覚えていないクロは頭を悩ませる。

確かに、アイリスと出会う前まではちゃんと社交場には顔を出していた。

とはいえ、それもかなり昔の話。そこで誰に出会ったのかなど、もう覚えてはいない。

「俺が認知したのは、間違いなくアカデミーだったな。こいつ、有名だったし」

「あら、それを言い始めたらあなたも有名だったわよ？　悪い方面で」

「先生……」

「アカデミーの授業が眠くてな、仕方ない」

ミナのジト目に、クロは肩を竦める。

英雄だなんだ呼ばれてはいるが、結局性格は自堕落希望のままなのだ。

「では、仲良くなり始めたのは王国魔法士団に入ってから……？」

「話し始めたのはその頃ぐらいよね？」

「まぁな、任務に同行させろとかババアがうるさかったし、同行してるうちに仲良くなった……と思う」

王国魔法士団の席順は年功序列ではなく、席に座った順で決まる。

クロが王国魔法士団に加入した後に、カルラが入った。一応先輩後輩の関係ではあり、入団当初は指導も兼ねて一緒に任務を受けていたのだ。

「でも大変だったわ……基本、クロって任務は事後報告だし、相談もなく勝手に決めるし」

「そうなんですか!?」

「こいつは困っている人がいれば見捨てられない性格してるから、首を突っ込んだ事件が任務でって感じなのよね……おかげで何度他の魔法士とブッキングしたことか」

「いいだろ、別に。それが条件で席に座ってるんだから」

「振り回されていた私の身にもなりなさいってことよ」

「いひゃいいひゃい。ほっぺふねらないで」

反省の色なしのクロの頬をカルラが引っ張る。

その姿は仲睦まじいというかなんというか。姉とクロを慕っているミナは、少しばかり羨ましく思ってしまった。

「しかし、先生は特別な形で魔法士団に入っているのですね」

「本当は入団なんてしたくなかったからな。そうでなかったら、お面なんて着けて活動してないよ」

自堕落な生活を望み、自堕落な日々を謳歌する。

もしも、魔法士が憧れるポストに座ったと知れ渡れば、注目の的は間違いない。

そうなれば、少なからず自堕落な日々は変わってしまうだろう。

しかし、助けを求める人間は見捨てられない。そんな性格との折り合いが、今の形なのだ。

「そもそも、ババアに見つからなかったらこんなポストには……」

「あの、先程から仰ってるババアとは……?」

「ん？　あぁ、このアカデミーの学園長だよ。んで、現王国魔法士団の第三席様」

クロが魔法士団に席を置くようになったのは、一言「スカウト」である。

たまたま人助けをしている最中に同じ案件を追っていたアカデミーの学園長と出会《でくわ》し、そこで才能を見出され説得を受けたのだ。

「あの時は本当に大変だった……俺が黒幕だって思い込まれて、タイマンでの戦闘だぞ？　死ぬかと思ったし、死にかけた」

「ど、どちらが勝ったんですか！？」

「決着なんてつかなかったよ。もしついてたら、どっかの地形が変わって地図の再編集だって。途中でババアが俺に気づいて折り合いつけて終わった」

引き分け……とは言うが、つまりはアカデミーの学園長と競り合えるほど戦ったということ。

アカデミーの生徒で学園長のことを知らない生徒はいない。

ミナはその話を聞いて、自然と瞳が輝いてしまった。

「あ、そういえば今日よね、学園長が帰ってくるの」

カルラが思い出したかのように口にする。

「えー……じゃあ、挨拶に行っとかなきゃいけない感じ？　初めは『挨拶しとこっかなー』感覚だったけど、今更感に駆られて行きたくない」

「怒られたくなかったら顔ぐらい出してあげたら？　私も一緒に行くから」

「……へいへい」

気怠いなぁ、と。クロは面倒臭いオーラを醸し出しながら一口頬張る。

すると――

「あ、あの……あともう一つお窺いしたいのですけど」

「ん？」

「カルラお姉様と先生は……そ、その……お付き合いなどされているのでしょうか？」

婚姻がないことは知っている。

それでも、初めに見た光景が頭から離れなくて。

今更ではあるが、不安を滲ませたミナは、恐る恐る頬を染めながらクロ達へ視線を向けた。

「ふふっ、どうかしらね？」

「付き合っちゃいねぇよ……」

なんで含みのある返事をしてんだ、と。

クロは顔を真っ赤にするミナと、いたずらめいたカルラの笑みを見て、肩を落としたのであった。

◆◆◆

王国魔法士団、第三席――シャティ・リューズディー。

王国最大のアカデミーの学園長であり、『不老人』の異名を持つ女性である。

クロやカルラも、シャティにはお世話になったことがある。

というより、今生きている大半の貴族は彼女にお世話になったことがあるだろう。

そんな女性が帰ってくるという話を聞いたクロは、カルラと一緒に顔を出すため学園長室に足を運――

「あーっはっはー！　本当に着とるわい、あのクズ貴族の面倒臭がり坊主があーっはっはっはっ――！！」

――んだ瞬間、中からもうこれ以上もないぐらいの大爆笑が聞こえてきた。

ソファーで腹を抱え、薄桃色の髪を広げる小柄な体躯をした可愛らしい女性。

彼女こそアカデミーの学園長であり、クロの才能を見つけた本人である。

「……なぁ、マジでこいつの頭目掛けて溶岩ぶち撒けていい？　それか、俺頑張るから殴打の許可を」

「落ち着きなさい、返り討ちにされるのがオチよ」

額に青筋を浮かべるクロ。

その頭を宥めるように撫でるカルラ。

二人はしばらく入口で立っていると、ようやく大爆笑から帰ってきたシャティが体を起こした。

「くふふ……すまんすまん、妾《わらわ》の知っておるクロ坊にしては、あまりにも意外すぎる恰好じゃったからつい」

「てめぇがアイリスの提案に頷いたから、こんな馬子にも衣装になってんだろうが、あァ？」

「なんじゃ、思春期が終わった子供の反抗期かの？　妾はお前さんが適任じゃと思ったから書類にハンコを押したにすぎんぞ？」

シャティはソファーを指差し、二人に座るよう促す。

「どうせお前さんは妹のお願いは断れんじゃろ？　結果は見えておると思うがのぉ？」

「ぐっ……！」

「……シスコン」

反論できないクロにジト目を向けるカルラ。

二人はソファーに腰を下ろし、シャティと向き直る。

「まぁ、でも妾の教え子がこうして同じ立場になるとは……感慨深くて涙が出そうじゃわい。妾も歳を取ったもんじゃ」

「見た目十歳が何か言ってるぞ、おい」

「何度お目にかかっても、学園長の魔法は解明できないのよねぇ」

「かっかっか！　お前さん達に解明されるほど、妾の『願望《まほう》』は幼稚じゃないわ！」

流石は第三席。

実質王国の魔法士の中で三つ目の席を張るだけのことはある。

二人が悔しそうに顔を歪めるのは、魔法士としての性《さが》だろうか？　シャティはそれが面白く、余計に上機嫌になる。

「聞いておるぞ、二人の話は。流石は第七席と第八席じゃ、魔法の授業が例年以上に評判がいい」

「ありがとうございます」

「まぁ、案の定クロ坊の評価は二分されておるがの」

「うっせ」

「とはいえ、それも直になくなるじゃろうて」

シャティは二人のことをよく知っている。

長い間務めてきたこのポストの中で、学生時代から有名だった子供達。

加えて、クロに至っては己が才能を見込んで、共に同じ仲間として戦ってきたのだ。

クロの性格も、実力も理解している。

今ある『クズ貴族』としての評判も時間の問題。シャティはそう確信していた。

「時にクロ坊……話は変えるが、この前珍しく自分で任務を受けたようじゃな？」

少しばかり真剣な顔で、シャティはクロに尋ねる。

「まぁな、うちの領地でも被害が出たし、ちょうど解決しようと思っていた案件だからさ」

「そうか……それで、進捗は？」

「あったら、教師休んで動いてるよ。っていうか、なんでいきなりそんな話を聞いてくるんだ？」

しかも、何やら考え込んでいる表情で。

先程まで見せた大爆笑が気のせいだったのでは？　と疑ってしまうほど。

クロが首を傾げていると、シャティはカルラへと視線を移した。

「カルラ嬢は、しばらく任務はないのかの？」

「え、ええ……そうですけど」

「この任務に本腰を入れるなら、二人で受けろ。可愛い子供達へ久しぶりに顔を見せた上司からの命令じゃ」

シャティの発言に、思わず二人は顔を見合わせる。

そして、恐る恐る――

「……そんなヤバい案件なんですか？」

「実はの、この任務……ブッキングしたんじゃ、第九席の子と」

「あぁ、そういえばあいつ言ってたな」

「あの子に会ったの？」

じゃが、と。

シャティは背もたれにもたれかかる。

「死んだよ、あの子は」

「ッ⁉」

「欠損部位の発見から、音信不通。恐らく、死んでおるじゃろ」

ただの人攫いの案件だと思っていた。

しかし、王国の中で十人しかいない最強の席に座る魔法士が死んだ。

これがどれだけ重たい話なのか……分からない二人《ばか》ではない。

「妾とて、二人の実力は承知しておるつもりじゃ。とはいえ、念には念を入れて損はない」

重苦しい空気が学園長室に広がる。

しかし、それも数十秒。すぐさまシャティは気分を変えるように手を叩いた。

「まぁ、気にしても仕方なし！　元より、これは自警団と騎士団の任務じゃ！　妾も探っておくから、お前さんらは今与えられた仕事にまずは注力すればいい！」

シャティは懐から一枚の紙を取り出し、テーブルの上に叩きつける。

なんだ、と。二人は同時に紙を覗き込んだ。

そこには――

「臨海授業……？」

「お前さんらも、昔はこの時期に行ったじゃろ？　今からちょうど一ヶ月後……魔法の授業を受けている生徒が一斉に出掛けて野外で学ぶんじゃ」

楽しそうで、上機嫌。

シャティは二人に向かって、笑みを向けた。

「今度はお前さんらが引率しなさい。たまには座ってばかりじゃのぉて、陽の下でバカンスにでも洒落こんでこい！」

◆　◆　◆

早いもので、二週間が過ぎ去ってしまった。

自堕落な生活を送っていたいつもとは違い、忙しない日々。

授業範囲の把握、アイリスの機嫌取りにカルラとの魔法探求。ミナとルゥからの質問を授業が終わる度に聞いたり。

受けている任務の進捗は、残念ながらあれから目ぼしいものはない。

おかげさまで毎日の時間の経過が早く感じ、クロは珍しく時間のありがたみを覚えていた。

そして、現在――

『私、新しい水着を新調したんです』

『えー、いいなぁー！』

『そういえば、今回はカルラ様もいらっしゃるんだよな？』

『この機会にお話をさせてもらえればいいんだが……』

などなど。

一年生の教室でそんな浮足立った声が聞こえてくる。

今回は「たまには自習させよ」ということで、久しぶりにサボり意欲を発揮したクロ。

浮足立っている生徒達を見ながら、教壇の前に座って頬杖をついていた。

「そんなにいいもんかね、臨海授業は？」

二週間後、魔法の授業を受けている生徒には臨海授業というイベントが行われる。

王国最大のアカデミーが所有する海沿いの施設で、学年問わず同時に一泊二日の授業を受けるのだ。

「それはそうですよ、先生」

その横で自分の書き連ねたノートを見ながら復習していたミナが口を開く。

「アカデミーの所有する施設と敷地は豪華で景色もいいみたいです。毎年遊ぶ時間も設けられているらしいので、ちょっとした遠足気分になるのも仕方ないかと」

「なるほどな……って、ミナ。ここの過程の仮定が違う。これだとそもそも事象が成立しない」

「ギャグじゃないぞ？」

「過程《かてい》の仮定《かてい》……」

「知っていますが？」

首を傾げるミナであった。

「それで、遠足って話か……遊ぶために行くんじゃないって、教師らしくキメ顔で言った方がいい感じ？」

「私は先生の学生時代を知らないのですが……恐らくその発言はブーメランなのでは？」

違いない、と。

大きなイベントでは、速攻昼寝スポットを見つけて、爆睡していたクロは苦笑いを浮かべる。

「あと、一年生や二年生にとってはこの機会はチャンスなんですよ」

「チャンス？」

「はい、滅多に作れない縁を築ける場でもありますから」

アカデミーは思った以上に上級生と下級生の関りが薄い。

授業が合同になるとしても同じ学年内であり、授業を受ける棟も違う。

そのため、こうしたイベントごとでしか上級生と関わりを持つ機会がないのだ。

ここに在籍している生徒はほとんどが貴族。

縁を結んで、これからの人生に活かそうと教育されているのは言わずもがなである。

「今回はカルラお姉様やアイリス様も参加されるのですよね？　であれば、浮足立っているのも仕方ないです」

「そんなもんか？」

毎日のように見ている顔に珍しさもクソもないが、他の子供達はそうでもないらしい。

クロは改めて教室を見渡し、その様子を窺った。

「ちなみに、私も楽しみにしております！」

ふふんっ！　と、唯一クロの横に座ってきたミナが可愛らしく胸を張る。

「まぁ、カルラの授業を受けられるもんな」

「それもそうですが……先生と初めての遠出ではありませんか!?」

「俺？」

「はいっ！」

どうして自分との外出が嬉しいのだろう？

よく分かっていないクロは思わず首を傾げてしまった。

「私も、その……今回のために、水着を新調しまして……」

「うーむ……」

ミナはカルラと似て愛らしくも美しい少女だ。

普段とは違う格好、露出の多い服。ミナであればどんな水着でも似合うとは思うのだが

――

「ははっ、男子勢は大喜びだな」

「先生もですか!?」

「ん？　そりゃ、まぁ」

可愛らしい女の子が可愛らしい恰好をしてくれるのだ、喜ぶのは間違いない。

それが鼻の下を伸ばすほどのものになるかは分からないが、とりあえずクロは肯定する。

すると、ミナは頬をほんのりと染め「カルラお姉様達に負けないようにしないと」と、何やら決意を新たにしていた。

「っていうか、そうか……臨海授業は海でやるから、アイリスも水着を新しくしていたのか」

「アイリス様が、ですか？」

「あぁ」

ミナと同じで正直、何を着ても似合うと思っているクロであるが、アイリスはそれをよしとしなかった。

クロの脳裏に「これはどうですか、兄様⁉」と、試着に二時間も付き合わされた記憶が蘇る。

それだけで、自然と頬が引き攣ってしまった。

（学生の頃はあんまり意識していなかったが……）

どいつもこいつも楽しそうにしている。

あの時は単に生徒の一人として参加していたが、今回は違う。

こうして楽しそうな生徒達を眺める側。それらを引率する役目。

（落胆させないように配慮しながら授業とか……面倒くさい）

と言いつつ、そう考えている時点で自分も教師として染まり始めてきたのだろう。

ここに来て約一ヶ月。

自分がこれからもこの仕事を続けるかどうか……恐らく、それはないだろう。

いつかは辞める。

だが――

（まぁ、こいつらが卒業するまでの四年はいてもいいって思っちゃうんだよなぁ）

本当に面倒くさい、と。クロは頭を掻く。

すると、いつの間にか目の前に現れたルゥがノートをこちらに向けて尋ねてきた。

「……先生」

「……ここ、分かんない。水魔法の根幹理解について」

「ん？　珍しいな、ルゥが質問なんて」

「……水魔法は得意じゃない。理解が難しい」

「むぅ……先生が取られた」

「取られてねぇし、今は授業中なの」

「……早く、教えて」

「はいはい」

クロはルゥの質問に答えていく。

教室の雰囲気は、相変わらず浮足立ったまま。

そんな中で、クロは今日も今日とて生徒に魔法を教えていくのであった。

第七章　臨海授業

「ふふふ……船酔いは三半規管や耳石器から受けた情報と、目や体からの情報を受けた脳が混乱して起こる自律神経の病的反応でな……ちょっとした幻覚や徐々に揺れを与えてやると引き起こせるもので……魔法として新しく成立させられそうなんだが……うっぷ」

なんて言っているのは、絶賛船酔い中のクロ。

現在、さらに二週間が経過して、いよいよ臨海授業を行うこととなった。

目的地は王都から少し離れたアカデミーが所有する離島で、海沿いに建っている施設だ。

そのため、アカデミーが用意した巨大な船で生徒達が移動しているのだが――

「あぁっ！　弱っている兄様もなんて素敵なんでしょう！　私、心なしか、いじめたくなってしまう思春期の男の子に似た衝動に駆られているのですが、これも兄様の溢れんばかりの魅力から与えられた病的反応なのでしょうか⁉」

「ふふふ、妹よ……それは単に変な性癖に目覚めただけだと思うよふふふ……おえっ」

アイリスに膝枕をしてもらい、クロは濡れたタオルを目に当てている。

正直、膝枕をしている妹の新しい性癖の目覚めに危機感を覚えているのだが、もう体が思うように動かない気持ち悪い。

そのため、逃げることもなくクロはされるがまま妹のハイテンションに付き合っていた。

「王国の『英雄』も船酔いには勝てないって知ったら、世のヒーローに憧れた子供は落胆しそうね」

大きなパラソルの下で椅子を置き、ちょっとしたビーチ感覚でいるカルラ。

早速用意したサングラスが活躍しているのか、気持ちよさそうに輝く太陽を見上げて寝そべっていた。

「なんてことでしょう、兄様とのバカンスが女狐のセリフによって穢されてしまいました……ご退場願っても？」

「黙りなさい、ブラコン。バカンスしている人間が私以外にもいるってことに、さっさと気づきなさい」

この場にはアイリス達だけだが、船上には他の生徒達の姿も見受けられる。

というより、先程から話したそうにこちらを見つめていた。

声をかけられるのも時間の問題だろう。

『あ、あのっ！　カルラ様、今少しよろしいでしょうか⁉』

『アイリス様！　僕はウルスラ伯爵家の次男の――』

すぐであった。

（人気者なお嬢さん達なこって……）

一人が声をかければ、自分もと一斉に群がってくる。

流石は王女であり王国魔法士団、公爵家の人間であり生徒会長。人気っぷりが凄まじい。

ただし──

『あ、あの……「英雄様」、お話しさせていただいても……』

クロにまで話しかける生徒もいる始末。

アカデミーで働き始めて一ヶ月半ほど。クロの評判も正体もいい感じに広まってきているみたいだ。

「……兄様、生徒とのラブコメは『めっ』ですからね？」

「お兄さん、そんな気分じゃないんだよ……うっぷ」

とはいえ、冷ややかな視線と今にも吐きそうな構図が色々と台無しではあるが。

「あの、先生……お水飲まれますか？」

すると、人混みを掻き分けるようにミナがおずおずと水筒を差し出してきた。

クロはそんな優しい気遣いに薄らと涙を浮かべる。

「ありがとう……俺はこういう気遣いを望んでいたんだ」

「えへへ……どういたしまして」

「兄様っ！　私も十代のレディーの大事な太ももを差し出して、体調を気遣っておりましたよ⁉」

頬を膨らませて、体を起こしたクロの背中をポカポカと殴るアイリス。

クロはそれを無視して、もらった水筒で水分を補給し、二人の姿を見てミナは苦笑いを浮かべた。

その時——

「……先生」

ひょこっと、クロとカルラの間に艶やかな黒髪が特徴的な女の子が割って入ってくる。

「おうおう、どうした？　そんなビックリ箱から出てきたみたいな登場の仕方をして？」

「……ふと、思ったことがある」

チラチラと、ルゥはクロとカルラを交互に見て、

「……先生とカルラ様は、どっちが強いの？」

強さに憧れを持つ子供らしい質問。

それに、カルラとクロはピクッと耳が反応してしまった。

そして、

「おいおい、ルゥよ……分かり切ったことを聞くな、俺の方が強いに決まってるじゃないか」

「は？　何を巫山戯《ふざけ》たことを言ってるの？　私の方が強いに決まっているじゃない」

周囲にいる生徒は、きっと楽しい質問タイムが終わってしまったと理解しただろう。

何せ、一瞬にして変わったひりつくような空気。

魔法の授業を担当する最強の魔法士の目が……笑っていない。

近くにいたミナは、慕っている相手二人に挟まれオロオロとしている。まぁ、アイリスに至っては「喧嘩を吹っかけている兄様もかっこいいです！」と場違い感溢れる兄様ラブ全開にして、瞳を輝かせていたが。

なお、こんな空気にしたルゥは我関せずのような表情で二人を交互に見ている。

「お姫様はどうやら絵本の読みすぎで頭がお花畑になっているらしい。ダメだぞぅ～？　いつまでも夢物語に縋って現実を直視しないのは」

「あら、堕落しきった生臭坊主がよく言うじゃない。確かに、あなたの方が早く魔法士団に入ったけれど……数字が少ない方が強いって勘違いしてないかしら？」

「あァ？」

「あァ？」

きっと、お互いが自分の魔法に自信を持っているからこそ起こった空気なのだろう。

友人であり、相棒であり、よきライバルであると認めており、自身をしっかりと誇示できる。

これがシャティみたいな相手であれば、こうもならなかったはず。

ある意味近い距離にいる彼らだからこそ、探求者としての矜恃《がんぼう》が――

「……そういえば、お前とはなんだかんだ戦ったことなかったな」

「……そうね、長い付き合いになるけれど、それだけはなかったわね」

両者の間に火花が散る。

「ちょうどいい……せっかくだ、ここは一つ臨海授業らしい講演会でもしようじゃないか」

そして、クロは中指を突き立ててカルラへと言い放った。

「一回目の授業は王国魔法士団の『願望《まほう》』の対決《タイマン》——ここいらで白黒ハッキリつけようや、傲慢王女」

◆◆◆

王都から離れた島は、アカデミーが臨海授業のために用意した施設だ。

宿泊場所、慰労場所、授業場所。ありとあらゆる設備が整っており、この二日間を過ごすには十分であった。

その中の一つ。

山一つでも切り崩したのでは？　と疑ってしまうほどの広い訓練場にて、クロとカルラは向き合っていた。

訓練場の至るところには、声を拡張させる魔道具が取り付けられている。恐らく、多くの生徒に教師の声が届くよう配慮したものだろう。

観客席には、びっしりと押し寄せた生徒達の姿。中にはもちろんアイリスやミナの姿もあり、途切れることもないざわつきが起きている。

それも当然。

王国のトップ魔法士の二人、現代最高峰の魔法を扱う天才。

そんな二人が、勝負をするというのだから注目しないわけがない。

『なぁ、どっちが勝つと思う?』

『やっぱりカルラ様だろ!』

『いや、でも「英雄」様は王国魔法士団の中で人を救ってきた数だけで言えばナンバーワンだし……』

どちらが勝つか? 勝負事はどうやら盛り上がる要因なようで。

誰一人として、体裁の授業というワードは頭に入っていなかった。

「わ、私はどちらを応援すればいいのでしょうか……?」

「兄様に決まっています、というより勝ち馬は兄様なのです!」

「……がんばれー」

観客席で見守るアイリスとミナとルゥ。

一方はどちらにエールを送るのか迷っているようだが、もう一人は勝ちを確信しているようであった。最後の一人は、相も変わらず表情の乏しい顔で開始の合図を今か今かと待っている。

「随分と注目度の高い余興になったものね」

クロの目の前。

カルラが口元を吊り上げながらプラチナブロンドの髪を揺らす。

「いいじゃねぇか、臨海授業らしくて。こういう普段見られない演出を見せてやれば、生徒達の勉強意欲も上がるってもんだ」

「あら、いつの間にそんな教師らしい性格に変わっちゃったのかしら？」

「可愛い生徒ができたからかもしれんな」

軽口を叩いているが、二人の中で戦闘意欲は高まっていく。

これがアカデミーのイベントの一つで、自分達は教師として生徒に魔法を教える立場だと分かっているが、せっかく与えられた機会。

元々、何度か思ったことがあるのだ――自分の頼もしい相棒と戦った時、どうなるのか？

探求者《まほうし》らしい好奇心が、ちょっとした火種で燃え上がっていく。

「んで、ルールはどうする？」

「あくまでこの訓練場の中で戦うっていうのは前提として……」

「そりゃそうだ、考えなしに本気でやれば大変なことになるだろうし」

自分達はその気になれば戦場一つを動かせる。

特別な二人が本気で戦えばどうなるか、自分達がこの中で誰よりもよく分かっていた。

「あとはそうね……気絶するか降参した方が負けってことにしましょ。オーソドックスなスタイルだけれど、これなら観客も湧くでしょうし」

「異議なし」

さてやるか、と。クロが準備運動に入ろうとした時、カルラが待ったをかけた。

「ん？　どした？」

「せっかくなら、罰ゲームでもつけない？　あなたに負ける気はないけれど、これなら互いに本気で戦《や》る理由が作れると思うの」

何かしらの罰ゲームがある方が燃える。

元より「どっちが強いか」という勝負だ、甚だ負けるつもりもないし手を抜くつもりもないのだが、あった方が互いに盛り上がるのは間違いない。

クロは口元を吊り上げ、挑発的に笑った。

「いいぜ、乗ってやろうじゃねぇか」

「まぁ、私が勝つけど」

「あァ!?」

カルラの挑発で、クロの額に青筋が浮かぶ。

クロは頬を引き攣らせながら、二回目の中指を立てた。

「か、勝った方が……負けた方に命令一回な」

「参考に何をお願いするか聞いても？」

「今回の臨海授業……全部受け持ってもらう！」

「……クロらしい命令だこと」

別にいいけど、と。カルラは背中を向けて距離を取る。

「一応言っておくけれど、これはあくまで授業の一環……それだけは頭に入れておいてちょうだいね」

「言われなくても、そうする」

クロもまた、背中を向けて距離を取る。

手の届かない、何メートルか離れた位置。

自然と、観客席に座っていた生徒達は「いよいよ始まる」のだと察する。

「負けても妹さんの膝で泣かないのよ、クロくん？」

「言ってろ、高飛車。お前こそあとで拗ねて、口をきかなくなっても構ってやらないからな？」

「……言ってくれるじゃない」

「そっくりそのまま返せるセリフだがな」

そう言って、クロは大きく息を吸い込む。

魔法士《たんきゆうしや》として、相手より自分が劣っているとは思いたくない。

しかし、カルラの実力は……自分が一番理解しているつもりであった。

「……先に宣言するわ」

カルラは、少し上品に、足でそっと地面をなぞり始めた。

「『英雄』の背中を見続けてきただけのお姫様じゃないの、私は」

その瞬間、黒い膜のようなものが訓練場の地面一帯を覆い始めた。

(始まったな、クソが……)

クロは額に汗を流しながら、頬を引き攣らせる。

緊張感が、自分の体全体に襲い掛かるこの感覚。

地面をなぞっていたカルラは、次第にステップを踏むように動き始めた。

(……来る)

王国が誇る最強の魔法士集団、第八席。

周囲から尊敬と畏怖を込められて送られた名前は――『舞踏者』。

「さぁさぁ、私と踊ってくれませんか……紳士さん?」

その天才の猛威が、英雄に向かって襲い掛かる。

「魔法士はいずれ、探求目標が明確になるの」

黒く染まった舞台の上で一人、カルラが生徒達に聞こえるように口を開く。

「こんな事象を生み出したい、こんな世界に飛びたい、こんな綺麗な景色を見せたい——そういった『願望』こそが、魔法士最大の糧」

　踊り、踊って、ステップを踏む。

「1《アン》」

　クロの頭上から一振りの黒く染まった剣が降ってくる。

　身を捻ってそれを避けると、クロはそのままカルラに向かって駆け出した。

「2《ドゥ》」

　次は黒く染まった床が盛り上がり、やがてクロ目掛けて波のように襲い掛かる。

　クロは地面から岩を形成し、己の体ごと上へと持ち上げることで波からの離脱を図った。

　しかし——

「3《トロワ》」

　ガクン、と。

　クロの体の全身から力が抜けた。

「ッ⁉」

「ただし、魔法士は決して『願望』を悟られてはいけない」

　岩の上で力なく倒れるクロを見上げて、カルラは言葉を続ける。

「どういう現象が起こるのか……それは構わない。どういう回避の仕方を取ればいいのか……

これもいいわ。知られたところで、相手は手が届かないんだもの」

だけど、と。

カルラは手を持ち上げ、両手いっぱいに黒く染まった薔薇を生み出した。

「でも、根本である『願望』を知られてはダメ。強い魔法士ほど、探求者としての気質が備わっている……根本を理解されれば、魔法すべてを見透かされることになる」

大量の水が流れてくる川がある。

深く掘って流れる水を溜めるのもいい、岩を積み上げて流れを変えるのもいい。

それだけでは川の水は止められない。

しかし、流れている川の出所を見つけられてしまえば？　水源を塞《せ》き止めてしまえば、水は止まってしまう。

つまりは、そういうこと。

魔法士は『願望』という根本を見つけられさえしなければいい。

逆に『願望』を持つ魔法士との戦闘では、『願望』を見つけた方が圧倒的有利となる。

「一通り説明は終わったわ」

岩の上にいるクロへ向けて両手を差し出す。

すると、薔薇の花から棘のある蔦が一斉にクロへ向かって伸びた。

「これで終わりじゃないでしょう？」

　そう尋ねた瞬間、カルラの足元が唐突に消えた。

「あら」

　突如現れる浮遊感。

　カルラは眉を顰め、伸ばしていた蔦を使って落下を止め、再び地上へと戻ってくる。

　だが、その頃には——

「クソうざい魔法だな、お前のは！」

　クロの体は、カルラ目掛けて飛んでいた。

「レディーに対して失礼じゃない？」

「じゃあ、お詫びも兼ねて受け取れや！」

　空いた穴から赤黒い何かが吹き出す。

　液体のようで、どこか粘り気がある。混ざっているのは溶けた岩。

　背後から感じるのは、確かな肌が焼けるような熱。

　つまりは——溶岩。

「乙女の舞台に変な装飾をつけちゃって……ッ！」

　カルラは咄嗟にステップを踏む。

「1《アン》」

　自分を覆うように、黒いドームが形成される。

吹き出した溶岩は黒いドームを飲み込んだものの、壊すまでには至らなかった。

（このまま安全圏でステップを踏む！）

カルラの魔法はステップを踏むごとに効力が上がる。

扱いやすく、威力が低い魔法から始まり、しっかりと三回目まで踏めると不可避の一撃が叩き込めるのだ。

先程クロの体の力が抜けてしまったのは、そういう原理。

最後まで舞台に残ってほしいからこそ、己の願いを強制させる。

ただ――

「悠長に踏ませると思ってんのか？」

カルラの足元から石柱がせり上がる。

石柱はドームを突き抜け、溶岩が広がった外へと投げ飛ばすように、伸びていった。

「地面に足がついてなきゃ、お前の魔法なんてたかが知れてるだろ！」

上空では、他の柱に乗ったクロがカルラを待ち構えている。

見上げた景色の中には、幾本ものダイヤモンドの柱がこちらに切っ先を向けていた。

「それは早計じゃないかしら？」

投げ飛ばされたカルラはクロの下に辿り着く前に、どこからともなく伸ばした蔦で体を引っ張る。

降り注ぐダイアモンドの雨。

カルラは頭上に黒い傘を作って雨を防ぐと、そのまま虚空に向かって足を下ろした。

「私は舞踏者」

その瞬間、空中にまたしても黒い膜のようなものが広がった。

「1《アン》」

「チッ！」

クロは舌打ちし、カルラと同じ場所へと降り立つ。

その瞬間、またしても漆黒の剣がクロ目掛けて投擲される。

「2《ドゥ》」

次は茨の森。

進路を塞ぐかのように、満遍なく棘の生えた茨が黒い膜のようなものに敷き詰められる。

「ッ⁉」

ダイヤモンドの槍をカルラ目掛けて投擲しても、茨の森が邪魔で届かない。

そして――

「3《トロワ》」

ガクッ、と。

クロの全身の筋肉が活動を止めた。

「……ふぅ」

カルラは茨の一つに腰をかけて、大きく息を吐いた。

(さっきよりも強めに発動したから問題ないとは思うけど、なんか呆気ないわね)

全身から力が抜ける。

動けなくなるだけ……と、考えるのは早計だ。

しっかりと説明するのであれば、カルラが最後までステップを踏んだ際に起こる事象は対象の脳に送る伝達信号の操作。

強制、支配、従順、不能。

その中の一つ、『舞台の上に立っている者の筋肉を動かすための脳の伝達信号を強制的に遮断する』というものだ。

物を持てなくなる、だけではない。呼吸するためのお腹と胸や心臓を動かすための筋肉も活動を止める。

つまり、ちゃんと発動さえすれば必殺の一撃なのだ。

――単純な殺傷能力だけで言えば、王国魔法士団の中でも随一。

もちろん、この立ち合いで殺しはしない。

ある程度死なないよう威力は落としているが――酸素が脳に回らなければ意識を保つこともできない。

　何秒か？　何十秒か？　朦朧としている意識は、一体どれほどまで耐えられるのか？

（……いいえ、流石にこれでは終わらないはず。こんな程度で終わるような男じゃないっていうのは、私がよく知っているもの）

　そう思い、カルラはクロの意識がなくなるまでの時間を最大限警戒しながら待つ。

　決して、目は離さな――

「だが」

　ゾクッ、と。カルラの背中に悪寒が走った。

「俺はまだ、願望《まほう》すら見せちゃいねぇよ」

　聞こえるはずもない声が背後から聞こえたのだから。


　トン、と。

　カルラの肩に少し大きな手が乗っかる。

　振り返りたい……そう思っていても、何故か体が動かなかった。

　いや、正確に言えば下手に動いて状況が悪化しないよう本能が体を抑えているのだろう。

「さて、答え合わせも探求者として当然の行為だ。授業の一環で、この場には生徒もいる……ここで少し軽く説明をしよう」

カルラの肩にそっと手を置いたクロは、悠々と横へ腰を下ろした。

「まず、カルラの魔法は強力な反面、デメリットも多い。分かりやすいところで言うと、ステップを必ず踏まなければならないこと」

いくら必殺とはいえ、踏まなければならない過程がある以上、時間のロスだ。

詠唱して魔法を発動する場合と同じで、これは大きな隙となる。

もちろん、詠唱をしなければならない魔法士とは違って踏んでいる間にも魔法が発動している時点で、どちらが有能かは言わずもがな。

しかし、それが通じる相手は格下だけだ。

必殺できるのであれば、初手から必殺にしなければ当たりはしない。

「次に、場所の固定。広げた舞台の上でしか、三つ目のステップは効力を発揮しない」

カルラの魔法は、薄い膜のような舞台を一帯に広げてからスタートする。

今回は訓練場と限られているステージだったからこそ小さく見えるが、本来であれば約半径五キロまで広げることが可能。

だが、広げた舞台でしかカルラは踊れず、強力が故に相手もそこにいる人間にしか作用されない。

もちろん、カルラは『舞踏者』。

ステップを踏む以外の方法でも踊れはするものの、動きやすい分工数がステップを踏むことよりも多い。

とはいえ、ステップを踏もうが、ステップの代わりに腕で舞おうが、指先を動かそうが、すべては舞台《ステージ》の上でしか成立ができないのだ。

「あぁ、舞台に触れないよう発動する間際に飛べばいいって考える生徒もいるだろう。とはいえ、相手は魔法界最強の一人である第八席……探求者が、そんな安易な逃げ道を対策していないわけがない」

だったら、どうしてクロは横にいるのだろうか？

というより、目の前で倒れているあの青年はどういうこと——

「相棒だからって、すべての手のうちを晒しているわけじゃないぞ？」

瓦解する。

地面に倒れていたクロが、無惨な土塊となって。

「なッ⁉」

「溶岩から身を守る時、ドームの中に逃げたろ？　あの時だよ、入れ替わったのは」

ゴーレムを生み出す魔法がある。

素材を形にし、自身の意識と人形をリンクさせて動かす魔法。

クロは持ち前のセンスと知識で、最大限己に模した人形をカルラが自ら視界を遮った際に生み出し、自身が姿を隠していれば完成する。

「まぁ、カルラの舞台は膜のようなものだ。地形を変えて上がったところで、膜は広がるだけで地面に張られている」

けど、地面ではなく空中に舞台を広げさせれば？　本体が地面に触れていようが舞台は変わり、魔法の対象が人形オンリーとなる。

「溶岩を地面に撒いたのは……」

「地面で戦うって選択を消すためだ。いくら舞台を広げていても、下は溶岩だ。熱は伝導する……そんな場所に降りたくはないだろう？」

つまり、ここに至るまでの流れがすべてクロの思惑通り。

カルラは悔しさのあまり、唇を噛み締めた。

「願望まで分かれば、もうちょい楽な終わり方もあったんだろうがな」

「いいえ、まだ終わっていないわ……ッ！」

カルラはクロの手を払い除け、その場を後退するのと同時に、一つ目のステップを踏む。

「探求者《まほうし》らしいご解説癖だこと！　結局、舞台の上に登ってきたら意味ないわ！」

黒く染まった剣が地面から突き上がる。

クロは跳躍することで回避するが、二つ目のステップがその間に踏まれる。

（もう容赦はしない）

茨の森の中、着地したのと同時に大量の獣が姿を現した。

その数はざっと数十体。クロはダイヤモンドの柱で撃退していく。

（もう一回、最後まで踏んで勝負を終わらせる……ッ！）

最後のステップが――

「踏ませねぇよ」

踏まれる前、クロの拳が舞台へと突き刺さる。

そして、起こるのは……舞台の瓦解。

「ッ⁉」

「『遊人の来訪《イルス・アルスロット》』」

またしても訪れる浮遊感。

最後のステップが踏めず、カルラが広げた舞台は虚空で崩れ落ちる。

「これが俺の願望顕現《グラン・フランメ》」

地面に広がっているのは、クロが敷いた溶岩の床。

自身が舞台として広げている黒い膜の姿は、もう見受けられない。

もちろん、溶岩の下は己が広げた舞台だ――このまま着地して最後のステップを踏めば、必殺がクロを蝕む。

ただし、９００℃から１１００℃の地面に足を落としてまともにステップを踏めるかどうか

――

「くそっ！」

カルラは咄嗟に蔦を伸ばして訓練場の壁へと体を貼り付ける。

クロは平然と溶岩の上に着地し、カルラを悠々と見上げた。

（……嫌なものを見ちゃったわ）

魔法士は探求者。

些細なことからあらゆることを想定して、対処する。

カルラは見てしまった——己の舞台が壊される瞬間を。

（きっと、あの魔法って地面を砕くとか、そんな安直なものじゃないわよね……）

実際のところ、カルラの予想は当たっている。

——『遊人の来訪《イルス・アルスロット》』。

地面を砕くのではなく、立ち塞がる障害を破壊するというもの。

事象を読み取り、破壊する。

少し制約があるものの、つまり魔法の対象に選ばれた時点で、一度殴れば強度や物体を無視して破壊できる。

カルラの舞台は、別に物体としての強度は然程ない。

その代わり、絶対不可侵としてその場に顕現させている魔力の塊だ。

それが破壊された時点で——

（もう一回、空中に広げたところで壊されるのがオチ）

繰り返していけばいくほど、自分は地面に近くなってしまう。

場所が制限されているが故に、逃げ場も広げる先も固定されている。

必殺抜きの魔法で戦うか？　いや、冷静に分析して願望《まほう》なしの自分が願望《まほう》ありのクロに勝てるとは思えない。

カルラはステップを踏まなければ、2《ドゥ》と同等のものまでしか扱えないのだ。

「魔法士《たんきゅうしゃ》は、勝てる想定ができなかった時点で終わる」

奇跡、偶然などは考慮しない。

理論上に、「不可能」の文字が浮かび上がってしまえば閉幕。

想定外が、想定内に勝てる道理はない。

「さぁ、どうする……カルラ？」

要するに――

「はぁ……私の負けよ」

――詰み。

カルラは悔しさを滲ませたため息をついて、口元を吊り上げるクロに両手を上げるしかなかった。

◆◆◆

唖然としないわけがない。

目の前で繰り広げられた一戦はあまりにも高度な戦い。

勉強……というより、社会見学に近い何かを感じてしまう。

自分達が憧れている王国魔法士の土俵を、目の前で見せられたような。

『これが、王国魔法士団……』

『な、なぁ……俺知らなかったんだけど、クズ貴族って本当に凄い人だったんだな』

『凄すぎる……』

唖然としている生徒達の漏れてしまった声が、ちらほらと耳に届く。

（す、凄い……）

ミナもまた、唖然とする生徒の一人。

家族とは言えど、自分は姉の本気の戦いというのを見たことはなかった。

それどころか、『英雄』に助けられた時以外、最高峰に立つ人間の戦闘など目にする機会などなかったのだ。

（これが、王国魔法士団……）

一つ一つの魔法が強大なのは言わずもがな。

工数を踏まなければならないとはいえ、カルラの魔法は三つのステップで戦いに幕を下ろさせる。

ミナであれば、そもそも一つ目のステップですら防ぎきれないかもしれない。

ただ、この戦いで最も注目すべきは情報量の多さだ。

(『英雄』様は、すべてを想定してた)

カルラがどう動き、どう動かれたら、どう対処するか。

蓋を開けてみればクロがすべて手のひらで転がしていたように見える。

解説はしっかり挟んでくれたものの、見た目派手さに思わず呑み込まれてしまいそうになる。

『な、なぁ……今の』

『難しいのは分かってたけど、王国の魔法士団って全員があのレベル?』

『俺、なんか心が折れそうなんだけど……あんな魔法、扱えねぇよ』

周囲から聞こえてくるのは、強大な魔法に呑み込まれた声。

気持ちは分かる。

あれだけの魔法を目の前で見せられ、高みを思い知らされたのだから気圧されるのも無理はない。

(いや、呑み込まれちゃダメだ)

ミナは周囲の声に流されないよう首を振る。

きっと、呑み込まれた時点で高みには登れない。

重要なのは、今目の前の光景を理解し、分析し、言語化できること。

魔法士は探求者。

思考を放棄した時点で、探求などできるはずもない――

「い、今の戦い……理解できましたか、アイリス様……って」

ふと横を見る。

すると、先程まで傍にいたアイリスの姿はなくて。

「……あっち行ったよ？」

ルゥの言葉を受け、指をさしてくれた方へミナは顔を向ける。

すると、アイリスの姿はいつの間にか訓練場に立つクロのところにあって。

「あぁ、最高です兄様っ！　私は今の光景だけで胸の高鳴りが激しくなってしまいますっ！」

「お、おぅ……そうか。ところでお嬢さん、こんな公衆の面前で抱き着いて、恥じらいはどこに捨ててきてしまったというんだい？」

「母様のお腹の中ですかね？」

「産まれた時点で手遅れだったとは……ッ！」

もちろん、瞳にハートマークを浮かべて全力でクロに抱き着いていた。

「もう私は兄様以外の男性と結婚など考えられませんっ！　ささっ、今すぐ帰宅して父様達に結婚のご報告を――」

「待つんだ妹よ！　俺がこの場に立っているのは家庭内での結婚を起こさないためだということを思い出してほしいッ！」

今の一瞬で抱き着きに行けるのは、流石はアカデミー最強か？　その持ち前の身体能力のせいで、クロは思わず家の方角に引き摺られそうになる。

「アイリス様ってば……」

一方で、羨ましさをありありと滲ませてミナもまた、頬を膨らませてアイリスのあとを追うように訓練場へと降り立った。

そのタイミングで、カルラもまた悔しさを滲ませた表情で訓練場へ降り立つ。

「あ、お疲れ様です、カルラお姉様」

「ありがと……でも、なんかついで感なかったかしら？」

「そ、そんなことないですよ⁉」

本当はクロに抱き着きに行きたかったのだが、そんなこと言えるはずもなく。

ミナは慌てて首を横に振った。

「はぁ……負けた負けた。あんなの、見たことなかったわよ」

ミナと共に歩きながら、カルラは頭を掻く。

するとクロはからかうように相棒に向かって笑みを向けた。

「全部お見せするのが仲がいい証ってわけじゃねえんですよ、お嬢さん。どうだ、もう次からは『私はクロよりも弱いんです』って言わなきゃいけないご感想は？」

「……次はコロス」

「勝つじゃなくて⁉」

さっき殺そうとしてたの？　と。

クロは相棒からの衝撃的事実に思わず体を抱えてしまった。

「ま、まぁ……約束は守ってもらうぞ、カルラ。今回の臨海授業は全部お前がやること！」

「はぁ……分かってるわよ、約束は約束だもの。でも、少しぐらいは手伝ってよね」

「おう、それぐらいは許可」

ここに来てようやく本格的にサボれる。

クロは澄み切った青空を見上げ、心の底から清々しそうな顔を見せた。

「あ、あのっ！」

カルラの横から、ミナが顔を見せる。

「ん？　今の戦いで何か質問でも？」

「え、えーっと……先生達が解説してくださったのである程度は理解したつもりです。しかし、・・・・・・・・・・・・・・・・・・・どの時点でどこまで想定されていたのでしょうか？」

凄い魔法だった、かっこよかった、ではない。

戦いが終わったクロに向けられた最初の言葉は、質問。

探求者に大事なのは好奇心と意欲。感想ではなく、分析から入ることが重要。

カルラもクロも、思わず目を丸くしてしまう。

「……アイリス、俺と肩を並べたいんならミナを見習った方がいいぞ」

「むぅ……そういうことですか」

「え、えーっと……？」

今気づいた、と。アイリスは頬を膨らませる。

しかし、勝手に口が開いてしまったミナは思わず首を傾げた。

「さっきの質問だが――もちろん、戦いが始まる前から最後までだ」

「最初から？」

「あぁ、最初から想定して最初から想定通りに動く。要するに、強大な魔法を叩き込むという
より読み合いこそが魔法士のスタイルだ」

想定通りに動き、如何に相手の想定外で動けるか。

簡単に言っているが、これがどれだけ難しいことか。

相手は常に動き、逐一新しい情報を自分に与えてくる。行動パターンなど無数に存在し、想
定通りに動くことが少ないはず。

一体、どれだけを想定して動いていたのか？

ミナや、客席で聞いていた生徒達はクロの言葉に思わず息を呑んだ。

「……さて」

クロは周囲を見渡し、観客席にいる生徒達に向かって口を開いた。

「鑑賞会は終了だ。この戦いを踏まえてお前達がどう考えるか……これからに期待するよ」

――こうして、鑑賞会という授業《タイマン》は幕を下ろす。

王国魔法士団第七席、『英雄』の勝利という形で。

◆　◆　◆

まぁ、授業ばかりで退屈なのはクロだけではない。

学生の本分は勉強とはいえ、大人になる前の遊び盛りな時期。

そのため、臨海授業では何時間かの自由時間が与えられる――

「せっかくの自由時間だっていうのに、あなたは何をしてるの？」

赤いビキニの上にパレオを巻いているカルラ。

美しいプロポーションと端麗な容姿がクロの目の前に現れ、ふと視線を向けてしまう。

「あのなぁ……俺が優雅に泳ぐと思ってんの？」

広がる視界は澄み切った海。

砂浜には多くの水着姿になった生徒が歩いていたり、気持ちのいい海に飛び込んで遊んでいる。

時折、チラチラと美しいカルラに視線を向ける生徒がいるものの、本人は気にしている様子もなかった。注目を浴びるのは慣れているのだろう。

先程までの「あの戦い凄かったです！　いや本当にマジで！」的な生徒達からの押し寄せる声とはまた違う人気っぷり。

もちろん、勝ったクロもそれはもう大変だった。

「いえ、あなたって泳ぐとか嫌いそうだもの」

「だろ？　だったら、寝転がってやることやってた方がいいだろ」

クロは現在、日の下で遊ぶ生徒達とは正反対にパラソルの下で寝転がっていた。

日焼け嫌、しょっぱい海に飛び込むのも嫌。一応海パン姿になっているものの、今は泳ぐ素振りすら見せず、寝転がりながら『人攫い』に関する書類を眺めている。

「私が言いたいのはそうじゃなくて――」

チラッと、カルラは視線を上げる。

そこには、当たり前のように兄に膝を貸しているアイリスの姿があった。

「なんで白昼堂々と妹に膝枕されてんのよ」

「あら、嫉妬ですか女狐？」

露出度の高い黒いビキニを着用したアイリスが嘲笑うかのように口元を吊り上げる。

「お可愛いですね、歳下の女の子に妬み嫉みなど……そういう可愛らしいのは、学生までと決まっていますよ。若作りにも限度というのがあるのです」

「……クロ、あなたの妹を一発ぶん殴ってもいいかしら？」

「おや、兄様に負けたばかりだというのに潔いですね、戦《や》りますかいいでしょう受けて立ちます！」

「お前らは少しぐらい静かにできないのか……」

自分の真上で火花を散らす美少女と美人。

ある意味両手に花ではあるのだが……なんというか、まったくもって嬉しくなかった。

その時——

「あの、先生」

白いキャミソールのような水着を着たミナがクロの前に現れる。

二人とは違って可愛らしいというかなんというか。

手に大きなスイカが抱えられているのが、余計に愛らしく映る。

「せっかく海に来たんですし、少しぐらい遊びませんか？」

「えー……」

明らかな嫌そうな顔。

それを受けて少しだけしょんぼりするミナ。

そして――

「私の妹を悲しませるなんて、いい度胸してるじゃない」

「私以外の生徒とのラブコメは嫌ですが、これはこれで違うと思います」

「えー……」

妙なところで意見が合致する二人であった。

「どうせここまで来ちゃったら調べるものも限られるでしょ？　少しぐらい任務から離れたらどう？　私も手伝ってあげるし」

「……なんかいつもと発言する人間が逆」

とはいえ、カルラの言う通りでもある。

こんなところで書類と睨めっこしていても、『人攫い』のことが進むとは思えない。

ぺしぺしと自分の頭を叩いているアイリスも少しだけ鬱陶しいし、可愛い生徒をしょんぼりさせるのも気が引ける。

クロは仕方なく体を起こし、ミナの持っているスイカへ視線を落とした。

「んで、やるのはスイカ割り？」

「はいっ！　海と言えばこれですから！」

スイカ割り。

割る人間は目隠しをして、どこにあるかも分からないスイカを目指して進み、割ることができたら成功という、誰にでも楽しめる遊びだ。

どこにあるかも分からないため、周囲の声を頼りに進まなければならない。

誰を信用するか、誰の言葉に耳を傾けるか。そういった戦略が楽しめ――

「なるほど、南東方向35度。距離は大体七歩ぐらいだな」

バンッッッ！！！　と。

クロが腕を振り下ろすと、長いダイヤモンドの柱がスイカ目掛けて落ちていく。

クロは目隠しを外し、砕けたスイカを見て拳を握った。

「よしっ」

「……私が知っているスイカ割りじゃないです」

――それから少しして。

開けた場所に移動したクロ達は、早速スイカ割りを楽しんでいた。

ただ、開始されて数秒……外野の誰も声を発することなくスイカは割れてしまったが。

「ん？　これはスイカの位置を当てて割ればいいんだろう？」

「それはそうなんですけどっ！」

「そんなの、魔力で一帯の砂の量を測って、偏りが生まれている場所を計算すれば普通に割り出せるんだが」

「……………ちっ」

これだから、国内最高峰の魔法士は。

ミナはせっかくの遊びが想像の斜め上を走ったことにより、王女らしくもない舌打ちをしてしまった。

「兄様、流石にそれだと面白くないです。もっと兄様のあたふたした姿を見てみたいです」

「魔法なしで探しなさいよ」

「えー」

外野からブーイングが入る。

クロは仕方なくもう一度目隠しをして、使う機会がなかった木の棒を握り締めた。

そして——

「よし、どんとこいっ！」

「……先生、もうスイカがないです」

「………………」

なんか申し訳なくなってきた。

クロはこの自由時間、目一杯ミナとの遊びに付き合おうと内心で決意したのであった。

◆　◆　◆

「そういえば先生、ふと思ったのですが」

ポーン、と。

高らかにビーチ用のボールが上がる。

声をかけたミナの姿はネット越しにあり、同じコートの中には途中で参加した一年生の姿もあった。

「先生はカルラお姉様以外の魔法士団の人とは、お会いなどしたことはあるのでしょうか？」

「唐突だな」

スイカ割りが一瞬で終わり、続いてビーチバレー。

申し訳なくなったクロが「次は何をやりたいんだ⁉」と言った結果、ミナの要望で一年生ほぼ全員と交流するような形である。なお、参加していない生徒は天才児のルゥのみ、現在シートを敷いて爆睡中。

一方で、アイリスとカルラは『如何にどっちが美しい城を作れるか』と、少し離れた場所で砂のお城を作って遊んでいた。

どうやら言い争いが発展し、武力勝負だと流石にマズいとのことで平和的な勝負になったのだとか。

「いえ、先生は今まで正体を隠してきていたわけですし、全員と交流があるのか不思議だったんです」

今でこそ隠す気があまり見受けられないが、少し前までは自堕落な生活を守るために正体を隠して行動していた。

それは身内であるアイリスにも同様。

だからこそ、他の人にも隠していたのか？　会ったことはあるのか？　とミナは気になった。

「んー……全員とは会ったことがないな」

ボールがコートに入ったので、普通に味方の生徒に上げる。

『え、じゃあ誰と会ったことがあるんですか⁉』

「カルラは会ったことがあるとして、ババア……第三席の学園長と、第二席、第六席かな？　元より、各地を飛んでいる人間が多いから隠す隠さない以前に、よっぽど仲良くないと顔を合わせないんだよ」

王国最大の魔法士団は任務がひっきりなしだ。

戦場を動かせるほどの最高戦力。戦争やら災害、未解決事件など、国内すべての対処できない案件が回ってくる。

そのため、一か所に集うことが少なく、偶然顔を合わせるぐらいにしか機会がない。

「あとは第九席だけど」

「だけど？」

「いやー、あいつ苦手で極力会いたくはなかったなぁ」

苦笑いを浮かべると、ミナは不思議そうに首を傾げた。

「苦手、ですか……第九席様はかなり性格がキツいお方なのですか？」

質問を投げるのも無理はない。

王国魔法士団はクロ以外素性を隠してはいないとはいえ、滅多に会わないからこそ情報が出回ることはない。

それこそ、王国魔法士団のマントを見て「あの人ってまさか⁉」となることが多いのだ。

この場にいる魔法を学ぶ生徒誰もが憧れる存在。

気になって手を止め、全員が好奇心に満ちた眼差しを向ける。

「キツい……というか、推しが強い」

「推し？」

「……あんまり自分で言うのもなんだが、俺のファンなんだよ。熱心というか……執着？」

クロはこの前のことを思い出してもう一度苦笑いを浮かべる。

「ことあるごとに一緒の任務を受けようとするし、あとをつけて素性を探ろうとするし、会う度に花束を渡してくるし、結婚しようとしてくるし。今受けてる任務だって、わざわざ一緒にブッキングさせたからな」

「へ、へぇー……それは、凄いですね」

「本人曰く『助けてもらってから、ずっとファンなんです』とのことらしいんだが」

クロが助けた人間をいちいち覚えているわけがない。

それぐらい多くの人間を助けてきたし、そもそも一生の縁にしようとも思っていないからだ。

だからこそ、あの子の熱烈なアプローチを受けても困るぐらいしか反応を見せられなかった。

ミナはその話を聞いて「気持ち分かるなぁ」と、同じように苦笑いを見せた。

(でも、あいつがねぇ)

クロは少し前の学園長の話を思い出す。

今、自分が受けている任務で……死亡した。

あまり好いていなかったとはいえ、慕ってくれている人間が死んだとなれば思うところがないわけがない。

ただ、王国魔法士団の席の入れ替えは、意外と頻度が多い。

というのも、大きな任務を受けるからこそ死亡するリスクも高いからだ。

それを承知で、皆は席に座っている。

だからこそ、いちいちクロ達は悲しむことはないのだが――

（だからって、割り切れるもんじゃねぇがな）

クロはいつの間にか落ちてしまったボールを拾い、そのまま高らかに打ち上げた。

◆　◆　◆

「んで、これからどうするんです？」

小柄な少女が一人、高い木の上で口にする。

それを受けて、同じぐらいの高さの木の幹で寝そべっていた男が少し気だるそうに答えた。

「どうするって、やるしかないよ。君が『ここなら年に一回ぐらいしか誰も来ないですし』って言ったから選んだのに、普通に誰か来たんだからさ。逃げ場なし、現場も押さえられそう」

「その年に一回がやって来たんでしょうに。あー、困っちゃったもんですねぇー」

ニヤニヤと、少女は口元に笑みを浮かべる。

その瞬間、男は困ったように指を捻った。すると、少女の腕が血飛沫を上げて消え――

「……痛いんですけど？」

「わざとだよね？　僕にここを提案したのは」

「あはっ！　べっつにー？　英雄様に会えるからここを提案したわけじゃないですよー？」

血が出る肩を気にすることもなく、少女は笑みを浮かべる。

男は何度目かのため息をつき、ゆっくりと体を起こした。

「はぁ……まぁ、ノルマを稼げるチャンスと考えるとしよう」

「ですです、そうしてください♪　っていうか、あと何人でしたっけ？」

「あと一人……まぁ、余裕持って二人はほしいね」

「そんなの楽勝じゃないですかー」

少女は男に向かってピースサインを見せる。

「ちゃっちゃっと攫ってきてやるんで、あとは好きにしやがれです。私は白馬の王子様が来たら相手にしますんで！」

「……いいよ、それが交換条件だったしね。ここまで来たんだ、この際君が好き勝手にすることには目を瞑ろう」

おかげでここ数日助かったしね、と。

男は腰を上げ、ゆっくりと背伸びをする。

「にしても、君の執着っぷりには脱帽だよ」

男は少女を見て、苦笑いを浮かべる。

「あの『英雄』と会うために同じ任務を受け……あまつさえ、寝返るなんて正気の沙汰じゃない」

「執拗、胴欲☆　執着勢におかしいって言っても事実の羅列ですよ……私は執着だけで席に座った女の子ですからね♪」

◆　◆　◆

今日一日は、大変濃いものだった。

現役の魔法士団に所属する二人の戦いが見れ、ビーチで楽しく遊んだあとは、カルラによる授業。

二年生、四年生は特に目新しさはないのだろうが、ミナ達一年生やアイリス達三年生にとっては新鮮なものだった。

また、四年生は他の学年の生徒と交流する最後の機会。これからは各々社会へ出るために準備が入ってくるため、羽を伸ばす場としては、いい息抜きとなっただろう。

ミナは、一人静けさの残る訓練場で今日の授業のことを思い出しながら夜空を見上げていた。

(今日はとても楽しかったです)

先輩達との交流。王女として色々関係を築こうと意識はしていたものの、純粋に意見を出し合ったり、教えてもらったりと新鮮で楽しいものだった。

カルラの授業も、分かりやすくてよかった。失礼な言い方になるかもしれないが、前の先生よりもカルラやクロの授業は分かりやすく、内容が深くて濃い。

流石は王国最強集団の席に座っている人間だからだろうか？　ただ、終始カルラが悔しそうな顔を浮かべていたのは気になったが。

（カルラお姉様、よっぽど悔しかったんだろうなぁ）

互いに認め、互いにプライドを晒け出せる関係だからなのだろう。

実の姉のあんな顔など久しぶりに見たし、職務放棄して観客席で爆睡をかましていたクロもどこかご満悦そうに見えた。

（いつか……）

あの二人のようになりたい。

そう思って一人、今日対決で使った訓練場に足を運んでいる。

思い返して頭の中で反芻、分析しよう……そう考えて用意された寮から抜け出したのだが、余韻が残っているだけで復習云々が中々できずにいた。

「無詠唱、扱えるようになったんですけど……」

手のひらをかざし、ポッと土塊が生まれる。

本気を出せば、まだまだ大きいものが生み出せる。

無詠唱……魔法士にとっての詠唱という手間と隙を省いた技術は、大体の人間であれば二年生の折り返しに入ってから身につけ始める。

それを一年生の初期に身につけたミナは、間違いなく才能がある部類だろう。

しかし、クロやカルラと比較すると……やはりまだ足りない。

「……ルゥさんにも、届かないですね」

加えて、同年代にも差が出ているのだから、余計に悔しさを感じてしまう。

「はぁ……もっと上手くなりたいものです」

自然と零れた、ため息。

すると——

「そんなの、観察あるのみじゃないですかね？」

ふと、背後から声が聞こえる。

いつの間に？　ミナはそう思い、咄嗟に背後を振り向く。

そこには黒色の髪にピンクのメッシュを入れた少女が同じように席に座っていた。

「あ、あの……」

見慣れない顔だ。

もちろん、ミナとて今日集まった全員の顔を憶えているわけではない。

ただ、どこか異質な雰囲気。同い歳のように見えるこの少女が何かの集まりにいれば、自然と目が引かれてしまいそうなものだ。

それに、彼女が今着ているのはアカデミーから支給された制服でも運動着でもなく、大きなシャツ一枚といったもの。

――とても、このアカデミーの生徒のようには思えない。

「ん？　ちゃんとハーフパンツ穿いてますからね？　流石に歳頃の女の子がパンツ一丁なわけないじゃないですかー！　そんな性癖、まだ目覚めてません♪」

「いえ、そうではなくてお名前……」

ミナの警戒心が少し上がる。

今のところ、肌で感じるような害意は感じられない。

ただ、この能天気っぷりは…………………明らかに自分のことを眼中としていない。

となれば、興味で話しかけたわけではないはず。

つまり、自分に用件があって――

「あぁ、あんまり警戒しないでくださいよー」

少女は手を振って笑う。

「私の名前はレティ・クラソンって言います。さっきの質問はこれでいいですよね♪」

「レティ……？」

その名前に、ミナは思わず眉を顰める。

何せ、その名前は。

ビーチでクロが言った時に気になり、カルラに教えてもらった。

「王国魔法士団……第九席」

王国魔法士団、第九席――『執着勢』、レティ・クラソン。

所属する人間は大抵が頭のネジが飛んでいる天才ばかりだが、レティはその中でも抜きん出ている。

平民の身でありながら、独学で魔法を学び、僅か一年で王国魔法士団の席に座った最年少魔法士。

そんな人間がどうしてここに？　ミナは立ち上がって、警戒をさらに上げた。

「あちゃー、私の名前って意外と知られてるんですね。まぁ、そこんところはあんまり興味ないです。だって、私が執着するのは一人だけなんですから♪」

レティもまた、ゆっくりと腰を上げる。

（あ、れ……？）

そういえば、と。

ミナは今更ながらに思い出す。

（第九席様は、確かカルラお姉様から――）

その時だった。

ズンッッッッッッッッッ！！　っと。

頭上から一人の女の子が自分達の間に降ってきたのは。

「あはっ、面白い演出ですねっ☆」

「……一人夜風に当たるのは構いませんが」

降ってきた少女は、そのままレティに向かって足を振り抜く。

あまりにも重たい一撃は鈍い音を残す。

レティの体は客席を薙ぎ倒し、離れた場所まで転がっていった。

「ア、アイリス様……？」

「話し相手は選んだ方がよろしいかと。相手は死亡扱いの女の子ですよ。まったく、勝手に抜け出して……追いかけて来てよかったです」

月夜に輝く銀の長髪を靡かせ、アイリスはミナを庇うように前へと立つ。

何故、いきなり攻撃したのか？　ミナは起き上がってくるレティを見て、ようやく理解する。

死亡したとされている女の子が目の前に現れた。

そんなの、誰かを欺いてまで成さなければいけないことがあったということ。

そして、自分の前に姿を見せたということは、姿を見せてまでしなければならないことがあった……ということで――

「ひゃ、ひゃひゃっ！　あらあら、お義姉様じゃないですか!?」

「……あなたにお義姉様と呼ばれる筋合いはないのですが？　初対面でしょうに」

「ふふっ、執着していればいつかは『英雄』様も想いに気づいてくれるはず。気づいてくれれば、想いが届くはず！　そしたら、いずれは家族になるんですよ♪」

愉快そうに笑うレティ。

本気で蹴ったつもりなのですが、と。一方のアイリスは薄らと冷や汗を流した。

「そういえば、あいつは余裕を持って二人って言ってたような？　本当はちゃっちゃとこっそり一人見つけて攫うつもりだったけど……」

――来る。

自然と、アイリスとミナは警戒心を引き上げた。

しかし――相手は、戦場をも動かす王国最強の魔法士集団、第九席。

「この際、二人まとめて攫っちゃおっか！　それに、お義姉様がいれば『英雄』様なら確実にやって来る。執拗に執着♪　さぁさぁ、ヒロインの引き立て役共を連れて行くとしますかぁぁあぁぁぁぁぁぁぁぁぁぁぁぁぁぁぁぁッッッ！！！」

ギィ、ガガガガガガガガガガガガガガガガッッッ！！！　と。

その猛威が、静かな夜空の下で二人に容赦なく襲いかかった。

◆　◆　◆

一日が終わった。

入浴も食事も済ませ、あとは寝て明日に備えるだけ。

といっても、明日は午前中に授業を行って、午後には帰る予定だ。

クロにとっては船酔いこそ最大の敵なので憂鬱なことこのうえないが、これぱかりは仕方ない。考えないようにしよう。

本来、教師は皆が就寝の準備を始めようとしている頃には、予習をしなければならない。

しかし、すべての授業をカルラに任せることができたクロは、現在教師用に割り当てられた部屋でゆっくり寛いでいた。

「でもさ、野郎の部屋に入り込むレディーっていうのもどうなのよ？」

「あら、どうせ襲う気なんてさらさらないでしょう？」

クロの部屋には、ラフな部屋着に着替えたカルラが書類と睨めっこしていた。

自分の部屋ですればいいと言ったのだが、どうやら「意見聞いてもらいたい時、すぐに聞ける」とのことらしい。

別に構いはしない。とはいえ、どうにもこの子はクロが狼さんだということを失念している。

「人を鶏だと思わないでくれる？　チキンじゃなくて狼なのよ、俺も。こうして平静を保っていられるのも、日頃から鍛えられた理性のおかげだと思ってほしい」

「……日頃？」

「アイリスが自分のベッドで寝てくれないからな……」

クロの理性は、日々血の繋がっていない妹に鍛えられている。

今では、ちょっとやそこらでは揺るがないぐらい逞しいのだ。本人曰く。

「はぁ……あの子も大概ね。お兄ちゃんの教育方針、間違ってるんじゃないかしら？」

「んー……でも笑ってくれるようになったからなぁ。間違っちゃいないとは思うんだが……」

「過剰な愛は過剰な愛を生むだけよ」

「深くて涙が出る、ご高説だこと」

クロはベッドの上に寝転がり、何も考えずにボーッと天井を見上げる。

すると、同じベッドの上に何やらのしかかったような感触が伝わってきた。

「……どったの、距離を詰めて？」

「……今日、一緒に寝てみる？」

「お前はいきなり何を言い出すんだ⁉」

クロは咄嗟に体を起こし、ベッドの隅にまで避ける。

「お、おおおおお嬢さん君は流石にアウトだろう⁉」

「あら、この私じゃご不満って言うの？」

「ご不満はないけど、問題はあるんだよ馬鹿野郎ッッッ！！」

婚姻もしていない、結婚もしていない。

家族ではないそんな女性と、一緒に寝て理性のタガでも外れてしまおうものなら、それはもう大問題だ。というより、王女ならなおさらダメだろう。

確かに、クロとてそろそろ身を固めなければならないお年頃。

かと言って貴族がそんな安易に欲望に身を任せるわけにはいかない。そう、そこには色々と壁が存在するのだから！

「むぅ……つれないわね」

「お前は何に張り合って自ら犠牲に走るんだ……」

疲れたクロは肩を落とす。

張り合っているのが妹で、突き動かす原因が乙女心だというのを知らないクロに、カルラは苦笑いを見せた。

その時――

『あ、あのっ！　先生、いますか？』

唐突にノックがされた。

教師の部屋など、滅多に生徒は訪れない。確かに、クロ達は好奇心の対象である魔法士団の人間だが、夜分遅くという礼節ぐらいは弁えているはず。

だからこそ不思議に思い、カルラが腰を上げてドアへと向かった。

扉を開くと、そこには三年生の生徒と一年生の生徒が立っており、

「どうかしたの？」

「えーっと……その、アイリス様を見かけませんでしたか？」

「それと、ミナさんもなんですけど……」

おずおずと口にする生徒達を見て、カルラは首を傾げる。

「いないの？　もう就寝時間も近いはずなのに？」

「はい、ミナさんはちょっと夜風に当たりたいって出掛けたんですけど、戻ってなくて……」

「アイリス様も、ミナさん一人は危ないからとついて行って……アイリス様なら安心だと、私達も放っていたんですが……」

戻っていない。

二人の額に薄らと汗が滲んでいることから、施設の中はあらかた捜したのだろう。

カルラはクロに視線を向ける。

それを受けてクロが頷くと、カルラは二人の生徒の背中を押した。

「教えてくれてありがとう。あとは私達で捜しておくから、あなた達はもう寝ちゃいなさい」

「で、ですが……」

「心配する気持ちも分かるけど、生徒の安全が第一なの」

カルラがそう言うと、二人は顔を見合わせる。

そして、深く頭を下げると、そそくさと廊下を走っていった。

その背中を見送り、カルラは扉を閉める。

「……どう思う？」

「どう思うって……アイリスも、ミナもルールを破るような性格じゃないだろ」

ミナは真面目だし、アイリスは生徒の模範として生徒会長に選ばれた。

そんな人間が、就寝時間を破って外を歩き回っているとは考え難い。

何かに巻き込まれたか？　という心配が湧き上がる。

「でも、この島はアカデミーの所有する場所よ？　私達以外の人間がいるとは考え難いのだけれど……」

「考えられるのは道に迷ったか、あるいはその考え難い俺達が知らない誰かがこの島にいるか、だな」

クロは腰を上げ、扉の方へと向かう。

そして――

「いずれにしろ、捜さなきゃいけないのは間違いない。何かが起こる前に連れ帰るぞ」

「……そうね」

二人は部屋を出て、ゆっくりと扉を閉めた。

◆　◆　◆

「まぁー、こんなもんってやつですよ」

レティは月明かりを見上げながら、独り言のように呟く。

「才能努力、色々要因はあるかもしれないですけど、結局気持ちの持ちようなところはあると思うんです」

ニヤリと口角を吊り上げ、レティは拳を振り下ろした。

すると、横から飛んで来た土の槍が粉々に砕かれ地面に落ちる。

「これもダメ……ッ！」

「ダメダメ、まだまだあっまぁ〜い♪」

手のひらを向けるミナが悔しそうに呟く。

すると、今度はレティの背後から一つの人影が割り込んできた。

その人影は容赦もなく拳を振るうが、すぐさま振り返ったレティが合わせるように拳を振るう。

「ッ⁉」

「残念！」

圧し負けたのはアイリス。

吹き飛ばされ、客席を薙ぎ倒しながら転がっていく。

（な、なんて力……ッ！）

体躯は自分と同じぐらい。

しかし、あれほどの力を持っているアイリスとの力比べで圧倒している。

――戦闘が始まって十数分。

今、間違いなくこの場を支配しているのは――

「執着が足りない足りない！　あなた達の本気は、気持ちが足りねえんですよぉぉぉぉぉぉぉぉぉぉぉぉぉぉぉぉっ――！」

腕が肥大化する。

一回りも、二回りも。獣のような毛に覆われ、華奢な体に異様な違和感を与えてきた。

それが、ミナへと向けられる。

ただ一回の跳躍で、ミナとの間合いを詰めてきた。

「は、速……ッ⁉」

「速いですかね？」

振り抜かれんとされる腕。

レティは驚くミナを見て獰猛に笑う。

「まぁ、願望《まほう》の発生すら理解できてない人間からしてみれば、驚くのも無理はねぇって話ですが♪」

腕がミナに当たる直前、人影がレティの背後に現れる。

アイリスは腕を頭と顎に添え、躊躇なく首を折り曲げた。

「アイリス様⁉」

「遠慮などしていられないでしょうに」

口元から血を流し、アイリスはボロボロになった体のまま、折れ曲がったレティの首を見る。

「それに、このままで終わるような人間が第九席に座っているとは思えません」

「あはっ！　お義姉様、正解♪」

レティの背中から真っ赤に燃え上がった翼が生える。

アイリスはミナを抱き抱え、その場から咄嗟に距離を取った。

鋭い、獲物《えもの》を狙うような眼光が二人へ注がれる。

ここからでも届く確かな熱。それだけではない……二回りも大きかった獣の腕がいつの間にか消えており、折れ曲がった首が元通りに治っていた。

いや、治っていた――という表現は些か違うのかもしれない。

どちらかというと、まるでなかったことにされたかのような感覚――

「うーん……茶番はこれぐらいにした方がいいですかね？」

翼を一振り。

すると、ミナ達の背後にある客席が真っ赤に燃えた。

「二対一、歳は私の方が下。っていう状況でも何一つとして好転していない……冷静に考えて、ここから事態が動く兆しってあるんですかね？　勝てる想定が見えたのなら付き合いますが」

「さぁ、どうでしょう？　実際のところ、あるのかもしれませんよ？」

「あはっ！　それなら見てみたいものですね！　といっても、関心はまったくありませんが♪」

肌を焼くような熱の中心で、レティは愉快に笑う。

常軌を逸している。そんな言葉が似合いそうな少女に、ミナは思わず一歩後ろに下がってしまった。

その時――――

「（ミナさん、今すぐにお逃げください）」

アイリスが小さな声で口にする。

「（きっと、私達がどのような攻撃をしようが、恐らく彼女には届かないでしょう）」

「（そしたら、アイリス様は⁉）」

「（どうせ二人で戦ったところで、茶番が継続するか、向こうが本気を出して終わりです。であれば、兄様か……業腹ですが、カルラ様を呼んできてもらった方が賢明だと思われます）」

要するに、時間稼ぎをするから逃げて助けを呼べ。

ミナは前を向くアイリスを見て、思わず息を吞んでしまった。

アカデミー最強。クロには負けてしまったものの、正直他の人間とは比べ物にならないと思っていた。

確かに、相手はクロと同等の人間。単純にどっちが強いのか、頭で並べれば明白だ。

でも、実際にミナはアイリスがアカデミーで活躍し、『最強』という姿を見てきた。

そんな人間の言葉。信じられないと、言ってしまいたかった。

だが、現実はそう甘いものではない。

「はぁ……地味に損な役回りです。これで死んでしまったら、兄様に申し訳ないですね」

アイリスはミナが何を言う間もなく真っ直ぐ突貫した。

目で追えないはずの速さ。しかし、直後に肌を焼くような熱が一気に広がった。

ミナは己の無力さに悔しさを感じて唇を嚙み締め、この場から離れようとした瞬間、

「まぁ、もう少しぐらいは茶番に付き合ってくれてもいいんじゃないかな？」

ミナの横から新しい声が聞こえた。

「ッ⁉」

おかしい。

最大限警戒していたはずなのに。

何故、どうして？　なんで、人の姿がそこにある？

間違いなく、先程までここには誰もいなかったというのに――――。

「今ここで誰かを呼ばれるのは、少々面倒くさいんだよね。もし誰か来るとしても、できたらもう少しあとにしてくれた方が嬉しいかな」

どこにでもいそうな青年。

ラフなパンツにシャツが一枚といった、街中にいても違和感がないほどの格好。

特別な何かがあるようには思えない。

ただ、少しでも動けば己の身に何が起こるか分からない……そう思ってしまうほど、信じられない登場であった。

「それに」

チラリと、青年は横を向く。

真っ赤に燃え上がる火の手。そこから姿を現したのは、力なく動かないアイリスを引き摺っているレティの姿で――――

「早かったね。もう少し遊ぶと思っていたんだけど」

「いやいや、あんまり興味ないんで。気まぐれ気分がなくなったら、さっさと終わらせるに限るでしょうに♪」

ミナは震える体を抑えようと必死だった。

さぁ、この化け物二人を前にして、どうする？

しかし、何かを考える間もなく――ミナの意識は途絶えた。

その場に崩れ落ちるミナの体。

王女に対して、していい行為ではない……なんて常識を指摘されることはなかった。

この場にはそういった行為を気にする人間などいないし、そもそも誰であろうがどうでもよかった人種の人間しかいない。

「随分と強かったね、その子」

手刀を落とした男がアイリスに視線を向ける。

「んー、どうなんでしょう？　ちょっと本気出したらこれですし、よく分からないです……えーっと、ヴェントさん？」

「僕の名前、合ってるよ……いい加減名前ぐらい自信持って言ってほしいものだ」

「あはっ！　私、興味がないことにはとことん興味のない、一途な女の子なので♪」

レティは物を投げ捨てるかのようにアイリスの体を男――ヴェントの目の前に転がした。

ヴェントは「大事に扱ってよね……」とため息をついてアイリスの体に触れる。

すると、二人の体が忽然と消えた。どこに？　なんて疑問は抱かない。

次に瞬きをした瞬間、再びヴェントの体はそこにあるのだから。

「相変わらず便利な魔法ですね」

「まぁ、そういう風に創ったからね。僕からしてみれば、君のも十分に便利で羨ましいと思うけど」

「結局、隣の芝生は青いってやつですか」

自分にないものは輝いて見える。

そこまで盲目的に「ほしい」とは思わないが、あったらいいなーぐらいにはレティもヴェントの魔法がほしかった。

「んで、これでお望みの基準は満たしたってことでいいんですよね？」

地面に転がるミナを見て、レティが口にする。

「うん、まぁね。これで僕の目的も叶いそうだよ。もっとも、これから先に何もなければ……って話になるけど」

「あはっ！　それはねぇですね！」

レティは瞳を輝かせ、薄暗い月夜を見上げた。

「英雄様は必ずやって来る！　あれは性格とか運とかそういう類いじゃないんですよ！　もう物語の主人公のような、因果みたいなものです！　誰かの笑顔が生まれる過程に必ず存在する要因的な感じの人なんですよ！」

「……妄信的だね」

「妄信的にもなるでしょう。あなたは救われたことがないからそんなことが言えるんですよ！」

彼がどんな人で、どんな人間なのか。

噂では分からない。実際に会ってみないと、接してみないと本質を垣間見ることはできない。

「そう思っているんだったら、こんな場所じゃなくてもっと離れた場所で行うんだったよ。君に謀られる前に、拠点をしっかり構築しておくんだった」

「どうせ私がどうこうしてもやって来てましたよー、だ。だったら、上手いこと私を使った方がいいでしょ？」

「その話を信じるんだったら、そうなのかもしれないね」

ヴェントは肩を竦め、ミナに手を当てる。

「君はどうする？　二度手間になるけど、あそこまで連れて行ってあげるよ？」

「いいえ、結構です！　私がどうしてここまで派手な演出をしたと思ってるんですか⁉」

チラリと周囲を見渡す。

観客席は火が燃え広がり、薄暗い月夜の下に確かな灯りが周囲を照らしている。

――見つけてほしいから。

自分はここにいて、何かがあったのだと気づいてもらうために。

宿泊している施設まではかなり距離がある。音が聞こえていなかったとしても、これだけ派手な演出をすれば捜しに来るであろう人間は見つけてくれるはず。

「……君の執着心には本当に脱帽だよ。そうまでして、彼に会いたいのか」

「いいえ、別に会いたいわけじゃねぇんですよ」

レティの言葉に、ヴェントは首を傾げる。

しかし、レティはヴェントの疑問など無視して、熱っぽい言葉を口にした。

「私は見てほしいんです。誰に目移りすることなく、私だけを。そのためだったら悪党にもなりますし、彼の敵にもなっていい。なんだったらこの戦いで死んでもいい……ほら、戦っている間は私だけ見てくれるでしょう?」

「……執着勢め」

「あはっ☆　お好きにどうぞ！　まぁ、今回は余計なオプションもあるわけですし、やって来る確率は二分の一ってところですね」

そっか、と。

ヴェントは最近できたパートナーを見て口元を緩める。

「っていうわけですので、お先に行っててください。ハズレを引いたとしても、途中で駆けつけますよ。英雄様以外に殺されるつもりも、負けるつもりもねぇですから」

「ははっ！　頼もしい相方だ」

そろそろお暇しよう。

ヴェントはミナの体に触れたまま魔法を発動し――

「あ、そういえば」

レティが何かを思い出したかのように口を開く。

「結局、あなたの目的を聞いてなかったですね。共犯はこれで最後なんですから、教えてくれてもいいんじゃねぇですか？」

「んー……まぁ、そうだね。どうせ君とはもう戦うことはないだろうし、僕の目的ぐらいは言っておこうか」

ヴェントはミナの小さな体を見つめる。

「復讐だよ……誰かにとってはちっぽけな、ね」

そう言い残し、ヴェントとミナの体は忽然と消えた。

誰もいなくなった観客席。

レティは背伸びを一つ見せ、徐に踵を返した。

（同情する気もねぇですが……あいつはあいつなりに色々とあるんですね）

まぁ、興味ないですけど、と。

そのまま足を進めて火の手の少ない場所へ向かおうとする。

しかし、その途中――ピタリと足が止まった。

「チッ……ハズレを引きましたか」

そして――レティの背後から一人の女性が降ってきた。

「あなた、生きてたのね」

その女性は求める人間ではなかった。

だが、レティの顔は何故か……歪んだように笑っていた。

「執拗に執着♪　さてさて、害虫駆除のお時間です♪」

◆◆◆

徐々に意識が戻っていく。

ゆっくりと瞼が開いていき、ぼやけた薄暗い景色が見えた。

感触も次第にハッキリとしていく。両手両足首につけられた、硬く冷たい何か。

それが枷で、今ここにいるのがどこかしらの地下だというのに気が付いたのは、意識が戻ってから数秒のことだった。

（こ、ここは……？）

アイリスは体の節々から感じる痛みに堪えながら、辺りを見渡した。

分厚い鉄格子。己の横にはミナがぐったりと横たわっており、一枚の毛布が掛けられていた。

ミナだけではない。広々とした牢屋の中にはざっと百人ほどの子供達の姿があり、ミナ同様毛布をかけられて横たわっていた。

息があるというのは、微かに聞こえる息遣いで分かる。

それより、問題は――

「……凄いな、君は」

薄暗い鉄格子の先から人影が現れる。

その男はアイリスを見て、少し驚いたような顔をしていた。

「彼女と戦ってこんなに早く目覚めるなんて。やっぱり、連れてくる人材を間違えたかな？」

「随分と呑気に会話をしてくださるのですね」

アイリスはヴェントをきつく睨み、一つ舌打ちをする。

「本当は紅茶と椅子をご用意した方が、ご令嬢さんとの会話にもっと花が咲くんだろうけど……ごめんね、君は流石に枷をつけさせてもらったよ。痛いところはないかい？」

ヴェントの言葉に、アイリスは思わず眉を動かしてしまう。

何せ――

（随分と優しい対応……）

誘拐した、拉致したとなれば、攫われた者の扱いなどぞんざいなもののはず。

確かに売り捌こうとしている商品に傷がつかないように、身代金を要求する前に死なれても困らないように、なんて理由も考えられる。

しかし、目の前の男から感じるのは……気遣い。

とても百人ほどを誘拐してきた人間とは思えない態度だった。

（……千切れない、ことはないですね）

軽く引っ張ってみて、感触を確かめる。

この程度の枷であれば、根元の鎖諸共引き千切ることは可能なのだが、下手に動いて目の前の男の機嫌は損ねたくない。

相手はあの第九席《バケモノ》と行動を共にしてきた人間なのだ。

己がやることは、できる限り時間を稼ぐこと。

そうすれば――

「目的を、聞いてもよろしいのでしょうか？」

アイリスは額に汗を滲ませながら口を開く。

すると、ヴェントはその場に腰を下ろしてアイリスへ視線を向けた。

「言うと思う？」

「言ってくれた方が、会話に花が咲くと思いますよ」

「ははっ！　それを言われたら断れないね！」

　ヴェントが地下内に響き渡るような笑いを見せる。

「まず、場所から話そうか……ここは島の地下を勝手にくりぬいた場所だ」

「くり、ぬいた？」

「大変だったけどね。彼女が手伝ってくれないって話だったら、こんな場所は絶対に選ばなかった。もっとも、そもそも彼女のせいでここに来てしまったところはあるんだけどね」

　島の地下。

　もちろん、このアカデミーが所有する島に地下なんてない。

　もしあるとすれば、アカデミー側がそれを把握していないわけないため、必然的にヴェントの言葉通り「作った」ものなのだと分かる。

　確かに、ここならアカデミーの所有する島に百人ほどが追加でいたとしても、誰も気が付かないだろう。

「彼女は英雄に執着している。曰く、中々会えず、正体不明の英雄と出会って自分だけを見てほしい……それだけみたいだ」

「……。除草剤を撒いたとしても、頭に咲いたお花が取れそうにないのですが」

「僕だって初めて出会った時は驚いたよ……僕を捕まえるために来たはずの魔法士団が、まさか寝返りを提案するなんて。君の言う通り、もうあれは誰かがどうこうできる性格じゃないと思う」

だからこそ、王国最強の魔法士集団に加入することができたのだろう。

褒めるべきか、凄いと言うべきか、それとも怒ってしまうか。

いずれにせよ、その執着心が悪者に回らせてしまった。

気持ちが分かるようで分からない。同じ人間を好いている者として、アイリスは思わずため息をついてしまった。

「まぁ、安心してよ。彼女はハズレを引かない限りはここには来ない。仮に引いてしまったとしても、白馬の王子様と話すのに忙しくて君達に危害を加えることはないだろう」

にっこりと、ヴェントは笑う。

しかし、アイリスはその笑みに騙されることはない。

「あなたはどうなのですか？」

「ん？」

「レティ様が危害を加えなかったとしても、あなたがどうするかによって胸を撫で下ろすのか決まると思いますが？」

ぱちくりと、真っ直ぐ言い放つアイリスを見て少し呆ける。

誘拐犯に向かって堂々とした態度。まるで自分の身は二の次とでも言わんばかりに、様子を探ってくる。

肝っ玉が据わっている……というより、ただただ優しく、責任感が強いのだろう。

この場にいる者達を守る、そんな責任が。

「……僕はね、復讐したいんだ」

ヴェントは少しだけ頬を掻き、口にする。

その時に見せた顔は、どこか苦しそうに見えた。

「だから殺すよ、この場にいる者全員を」

そう口にした瞬間、洞窟内に金属音が響き渡る。

それはアイリスが、無理矢理枷を引き千切った音であった。

◆◆◆

昔、王国で世間を騒がした事件があった。

王国が東西の国で戦争している最中、街が一つ丸々宗教集団によって占拠された事件だ。

神はいるのだと、死こそが救いなのだと。

そんな頭のネジが飛んだ思想を掲げて村を占拠した宗教集団は、皆タガが外れていたと当時巻き込まれた人間は語る。

一人一人、子供達を呼び出しては子供達の目の前で殺す。

大人は全員監禁され、子供達のみが日の下に晒されて無惨な死を遂げた。

ただし、領主を含めた一部の者は例外だった。

子供達が殺される前に、すでに領地を守っていた騎士達と一緒に殺されている。

つまり、守る者も助けを報せてくれる者もいない状況。

子供達は日に一人殺され……それが百日間続きようやく掃討された。

流石に街一つが堕とされたのだ。

誰かが……国がそれに気が付かないわけがない。

いくら戦争中といっても、誰かしらは駆けつけてくれるはず。

しかし、蓋を開けてみれば百日間も続いてしまった。

何故？　そんなの――

「……殺すよ」

青年は立ち上がり、真っ直ぐにアイリスを見つめる。

「本当にちっぽけで、些細なことかもしれない。それでもやりきれなくて……ようやく決心がついて、僕はここにいる」

「………」

「知っているかい？　遅れた理由は、宗教集団の中に当時の宰相が混ざっていたからなんだって」

いきなりなんの話をしているのだろう？

しかし、アイリスは『宗教集団』というワードを聞いてすぐに答えへと至る。

「もしかして……」

「そう、僕はあの街の子供だった」

遠い目を浮かべ、ヴェントは小さく息を吐く。

「目の前でどんどん友達が殺されていくんだ。好きだった子も、昨日一緒に遊んだ子も、皆見せつけるようにして殺された」

「それは……」

「もう少し早く駆けつけてくれれば、まだ少なかった。宰相が惨事に関わっていたとなれば国の威信に関わるからと、攻めあぐねていた王国の上層部がさっさと首を縦に振っていれば、あの子達は殺されなかった」

忽然と、ヴェントの姿が消える。

どこに？　アイリスが周囲を見渡すと、唐突に肩へ手が置かれた。

「は？」

「流石に君みたいな子供には、悪党は倒せないよ」

アイリスが振り返った瞬間に、顎へ綺麗に拳が突き刺さった。

「ッ⁉」

揺れる視界、揺さぶられた脳。

やはり大人と子供。いくら自分が身体能力《フイジカル》に自信があるからといって、綺麗に撃ち込まれた急所への攻撃には耐えられない。

足元がふらつき、アイリスは思わずその場に崩れ落ちてしまった。

（い、ま……何が⁉）

ここは鉄格子の中だ。

容易に突き破れるものではないだろうし、突き破ったとしたら痕跡も時間もあったはず。

しかし、ただ瞬きする間に、ヴェントは鉄格子の外から自分の背後へと回っていた。

これは──

「ま、魔法……」

「便利でしょ？」

崩れ落ちるアイリスをそっと寝かせ、ヴェントは顔を覗かせる。

「自分で言うのもなんだけど、僕の魔法はそこら辺の魔法士とは違う。なんていったって願望が入っているからね、そもそも把握している常識から外れている」

つまりは、クロやカルラと同じ領域にいる。

その高みへと辿り着き、己の願望を叶えるために魔法を構築した。

間違いなく、この男は──王国魔法士団に入れるほどの実力を有している。

　そんな人間が――

「悪事に、手を染めやがって……ッ！」

「口調が変わってるよ」

　体に力を入れようとしているのに、力が入らない。

　しっかりと顎に当たると、これほど無力になってしまうのかと、アイリスは初めての事態に悔しさが滲む。

　その間に、ヴェントはゆっくりとアイリスから離れていった。

「まだ殺しはしない。時間じゃないしね」

　だからゆっくり休むといい。

　そう言い残して、ヴェントはまたしても忽然と姿を消して、牢屋の反対側に現れた。

（な、なにを待っているのかは知りませんが……）

　アイリスはゆっくりと体を起こし、顔を上げる。

「私が、殺されるとは思いません」

「根拠は？」

「あなたに一つと、彼に一つ」

　彼？　ヴェントは思わず第三者のワードに首を傾げてしまう。

　しかし、アイリスは疑問を解消させるわけでもなく……ただただ、震える口を開いた。

「昔から、彼は私のことを慮ってくださいます。何をしても絶対に拒んだりしません、嫌々と言っておきながら手を差し伸べてくれるんです」

だからこそ自分は救われ、こうして生きている。

あの日、あの時。彼が現れなければ、今の自分はいなかった。

彼が駆けつけてくれたから——自分は信じられるようになった。

「来ますよ」

「誰が？」

「そんなの、決まっているじゃないですか——」

そう口にした瞬間、ふとヴェントのいる空間の天井が揺れた気がした。

そして、それはすぐに訪れる。

「誰かの笑顔を守ってくれる、私の兄様《ヒーロー》ですよ」

ズンッッッッッッッッッッッッッッッ！！　と。

天井が一気に崩れ落ちた。

すると——

「おい、うちの生徒に手を出してんじゃねぇよ、雑兵《ざこ》が」

その中から、姿を見せる。

誰かのために拳を握り続けてきた、英雄《ヒーロー》が。

「は、はは……驚いたな」

現れたクロを見て、ヴェントの額に汗が伝う。

「一応、ここってかなり深い場所にあるんだけど……」

それこそ、二人の魔法を使ってようやく構築した場所だ。

にもかかわらず、辿り着いただけとはいえ、額に汗すら浮かばせていないとは。

驚くヴェント。

しかし、クロはゆっくりと歩いて横を通り過ぎていく。

そして、牢屋の前に立つと徐に腕を振るい、すべての鉄格子を真横に薙ぎ払った。

——遊人《イルス・アルスロット》の来訪。

その魔法に込められた願望《こうりょく》は、立ち塞がるすべての破壊。

「……兄様」

目の前に現れた兄《ヒーロー》。

アイリスは視界に捉えた瞬間、何故か唐突に力が抜けてしまった。

だが、駆け寄ったクロが優しく抱き留め、そのまま優しく頭を撫でる。

「私、頑張りました」

「……あぁ、そうだな。お前は本当に凄いよ」

あの悪党にどういった意図があったのかは分からない。

こうして生きているのは、単に気まぐれかもしれない。

けれども、視界に映るミナや他の子供達が無事だと窺えるのは、ひとえにアイリスのおかげと言っても差し支えないだろう。

何せ、自分の妹は……見ただけで重傷だと分かる満身創痍の姿なのだから。

「当然、です……私は兄様の妹なのですから」

クロはアイリスの体を抱き抱え、そのままミナの横へとそっと座らせる。

そして、クロは己で破壊した鉄格子を越えると――

「黒幕発見、でいいのか？」

「この状況で弁明できるチャンスがあるなら、頑張って首を横に振るよ」

言わなくても分かる。

この場に集められた子供達。追っている任務の別件であろうがなかろうが、間違いなく目の前にいる男がこの状況を作り出した人物。

夜中に出歩いている人間を探すために、クロはスイカ割りをした時に見せたのと同じように、この島一帯の地面に魔力を通した。

人が動いている際に生じる沈みを発見するために。

しかし、見つかったのは地中にある空洞——怪しまないわけがない。

だからこそやって来てみたら、現れたのがこいつだ。

クロの中で、フツフツと怒りが湧いてくる。

その理由は——言わなくてもいいだろう。

「にしても本当に驚いた。ド派手な演出だったけど、まさか彼女の言う通りにやって来るなんて」

ヴェントは呑気に体をほぐし始め、準備運動をする。

「一つだけ聞きたい」

「あ？」

「君は今、どういう立ち位置でそこにいるんだい？」

唐突な質問。

クロは思わず眉を顰めてしまう。

「教師として？　それとも英雄として？　あるいは、魔法士団の人間として？」

「……何が言いたい？」

「返答によっては、僕のボルテージも変わるわけなんだけど」

冷たい目。

今に至るまでアイリスに向けたこともなかった鋭い瞳が、クロへと注がれる。

「……僕の時は、誰も来なかった。先生も、おとぎ話に出てくるような英雄も、誰かを守るはずの人間も」

百日かかった、誰かがやって来るのに。

利権と体裁と利益を考えて、守るべきはずの民を助けるために動こうとはしなかった。

もちろん、領主達を恨むつもりはない。

クロ達を恨むつもりもない。

筋違いだというのは分かっている。

これが憂さ晴らしに類似した行為なのだというのは分かっている。

「……彼女に聞いた時は、心底腹が立ったよ」

ただ、それでも。

「何故！　今！　君は間に合ってしまう⁉　あの時、駆け付けてくれなかった君のような存在が、どうして僕の時だけッッ！！！」

――本来、魔力とは感じるものではない。

己の中にしか存在せず、事象として世に顕現した時にのみしか顔を出すことはない。

だが、この場で唯一目を覚ましてしまった子供《アイリス》は、どうしてか今のヴェントからあり得ないはずの魔力を感じた。

「ッ⁉」

肌を擦るような、胸を締めつけるような。

感じただけで、実際ヴェントの体からは魔力など溢れてはいない。

ただ、温厚そうな人間から垣間見られた怒気が妙な圧迫感を与えてくる。

アイリスの心配そうな視線が兄へ向けられた。

「兄様……」

一方で、そんな怒気と心配を一身に受けるクロだけは、態度を変えなかった。

己も湧き上がる怒りを、ヴェントへとぶつける。

「みっともねぇこと言ってんじゃねぇよ」

クロが一歩を踏みしめる。

「運が悪かったのかもしれねぇ、クソ野郎がクソな私利と体裁に走ったからかもしれねぇ、そ・・・・・・ういう立場の俺が駆け付けてあげられなかったせいかもしれねぇ」

だけど、それでも。

今の発言に、物申さずにはいられない。

「俺がやって来るのは英雄って呼ばれているからなわけでも、教師や魔法士団って立場だからでもねぇ──当事者に立って、助けたいって思ったからだ」

クロは聖人君子でも、万能な機械なわけでもない。

助けられる人間には限度があり、助けたいと思える人間も己で選んできた。

選んできた結果、クロはここにいる。

すべて自分で選び、自分が拳を握って、誰かに手を差し伸べてきた。

「誰かのせい、自分は違う……そうじゃねぇだろ、助けたいって思ったんなら自分で動くべきだ！　自分の行動を無視して他人を巻き込んだ憂さ晴らしなんて、子供の我儘以上にタチが悪いよ！」

「…………」

「責任転嫁してぇんだったら、まずは自分が土俵に上がりやがれ傍迷惑《クソ》野郎ッッッ！！」

クロの言葉が、地下の中に響き渡る。

少しだけの沈黙。

ヴェントは小さく息を吐き、真っ直ぐにクロを見据える。

「……互いの御託はこれまでにしよう」

拳を握り、腰を落とす。

そして――

「さぁ、戦《や》ろうか先生《ヒーロー》。君が悪党を倒さなかったら、守るべき人間は僕《ぼく》が殺すよ」

「言ってろ、阿呆。同じ土俵にも立ってねぇ馬鹿に、英雄《ヒーロー》が負ける道理なんてねぇだろ」

始まる。

英雄《ヒーロー》と復讐に駆られた男の相対が、今ここに。

第八章　最高峰の戦い

舞踏者と執着勢。

第八席と第九席。

その二人が、誰もいなくなった燃え上がる訓練場の観客席で出会う。

そして――

「じゃあ、徹底的に躾してあげるわ」

――カルラが自身の舞台を広げた。

「はっ！　感動の再会でいきなり暴力なんて、一体私が何をしたっていうんですかねぇ⁉」

逃げ場はない。

今のカルラの舞台はクロとの戦闘で見せた規模の比ではないから。

効力最大限。半径五キロの黒い舞台が、レティの足元に広がる。

「……あの子達がいなくなって、死んだと思っていたあなたが生きていて、何故かアカデミーの所有するこの島にいる」

カルラはゆっくりと舞台のうえを歩く。

「これで関連性がないって、理由を探す方が難しいとは思わない？」

「あはっ！　そうですねぇぇぇぇぇぇぇぇぇぇぇぇぇぇぇぇぇぇぇぇぇぇぇぇぇぇぇぇぇっっっ！！！」

否定はしない、肯定をしてみせる。

獰猛な笑みを浮かべたレティは、目に追えないほどの速さでカルラへ肉薄していく。

しかし、それよりも早く……カルラのステップが踏まれた。

「1《アン》」

レティとカルラの間に、一枚の壁が立ち塞がった。

「おっとっとっ⁉」

激しい轟音が鳴り響く。

ただ急ブレーキが利かなかった人間がぶつかっただけ。

それだけでこの音——どれほどの速さと重さがあったのかが窺える。

だが、その程度でいちいち驚いているようでは、第八席になど座れない。

「2《ドゥ》」

黒く染まった槍が、隔てられた壁から出現し、少女目掛けて放たれる。

そして——

「3《トロワ》」

踏まれた。

カルラの必殺である三つ目のステップが。

どさりと、壁越しに何かが倒れるような音が聞こえてきた。

カルラは壁を消し、地面に倒れ込んでいるレティを見下ろす。

度々言うが、必殺。

全身の筋肉の機能を停止させ、行動どころか呼吸まで封じる。

加減してさえいなければ、踏めば勝ちの黄金式。

だが、カルラは警戒心を解くことなく、手元から漆黒の剣を生み出して振り下ろした。

「今更寝たふりなんかしないでくれる？」

「あはっ☆」

レティが身を捻り、漆黒の剣を躱し距離を取る。

動けないはずなのに、動けた。

カルラは眉を顰めることなく指を何度か曲げて、ステップと類似の舞踏を行う。

すると、虚空に生まれた漆黒の剣の一つが、レティの腕を根こそぎ斬り飛ばしていった。

「いったーい！　何すんですか、後輩に対してのパワハラってやつですか⁉」

ぷんすかと、頬を膨らませるレティ。

しかし、何故か、斬れた腕が元通りに戻った、・・・・・・・・・・

それを見て、カルラは大きくため息をついた。

「はぁ……ほんっと、あなたの魔法は面倒臭いわね」

「それ、セリフが英雄様と被ってません？」

「何で知ってんのよ」

――執着勢、レティ・クラソン。

単身で戦場を動かせるほどの力を持ったレティの魔法は『情報の書き換え』だ。

己の肉体……髪の毛や骨、血液などのすべてを数値化し、保存。書き換えることによって己の肉体を変形させることができる。

欠損が生まれた際に、既存の数値へ自動《オート》で戻す。

つまりは、己の体が傷ついたとしても、すぐに万全の五体満足へと戻ることができるのだ。

（こいつの対処法は本当に明確）

一瞬で殺すか、意識を奪うか。

首を折ったり、筋肉を動かせない状況に持ち込むのはダメ。少しでも息があった場合は、レティは自動で万全の状態に戻る。

（正直、私の魔法とは少し相性が悪いのよね……）

とはいえ、戦わないわけにはいかない。

カルラは肩に剣を担ぎ、真っ直ぐにレティを見据えた。

「んで、私の妹はどこに行ったの？」

「へ？　妹さんって誰です？」

素で首を傾げるレティ。

しかし、すぐさま腕を組んで頭を悩ませ始めた。

「あれ、そういえばさっき戦った雑兵《ザコ》の一人が、あなたに似ていたような……？　いやー、私ってほら執着しない人にはとことん無関心なんで、すぐに忘れちゃうんですよねー」

「…………」

「あっ、でもお義姉様は覚えてますよ！　英雄様の妹さんですし、最近戦った中ではヴェントさんの次ぐらいに強かったですから！」

けど、と。

レティは愉快そうに口角を吊り上げた。

「ぼっこぼこにしちゃいましたけどね！　演出ばっちりになったんで、ちゃっちゃと終わらせたかったですし、運が悪かったら今頃死んでるかも？　まぁ、私には興味のねぇ話です！」

本当に興味がないというのは、今の態度でよく分かる。

元よりそこまで関わりはなかったが、彼女の異常さは席順が近いこともあり理解していた。

――執着対象以外の、圧倒的無関心。

恐らく、今の話は事実。

彼女が今回の一件に関わっているのは明白。

きっと、今の状況はクロのために引き起こしたもの。

「確かに、私もアイリスはあんまり好きじゃないわ」

すぐ嫉妬してくるし、冷たい目で見てくるし、何より『あることに対しての強敵』だから。

でも――

「あの子も、私の生徒だから」

一歩、踏み締め。

剣を握り締める。

「可愛い妹と可愛い生徒が待ってんのよ、居場所を吐くまでぶん殴ってあげる」

「倒せますかねぇ？　まぁ、殴れるもんだったら殴ってみやがれって話ですが！」

そして、可愛い生徒達のために舞踏者が狂信者との相対が始まった。

◆◆◆

レティ・クラソン。

その生い立ちは、ごくごく普通の家庭であった。

母と父と、近くの子供達と一緒にすくすく育った可愛らしい女の子。

――住んでいる街が襲われたのも、歴史書には載らない普通の出来事。

今時、魔獣に街や村が襲われるなど珍しくはあるものの「不幸」で片づけられてしまう。

誰を責めることもできない。誰が悪いわけではない。

土砂崩れや地震と一緒で、魔獣が現れるのは災害と似たようなものなのだ。

ただ、普通と違ったのは――彼女の前に『英雄』が現れたことだろう。

『もう大丈夫だ……誰かの笑顔を奪うクズは、俺が倒してやる』

その背中を、レティは見てしまった。

眩しく、逞しく、焦がれ、惚れてしまうほど輝いて見えた姿。

年頃の女の子が恋に堕ちるなど、これもまた普通のことなのかもしれない。

(あぁ……『英雄』様、超かっこいい――!)

――普通ではないのは、もう一つ。

レティは、異常に執着心が強かった。

同じく助けられた両親よりも、近所の子供達よりも、誰よりも。夢中になれることに対する胴欲さは目を見張る。

それこそ、これからの人生をかなぐり捨てて、別のレールに乗っかるぐらいには。

英雄様がいるのは魔法士団。なら、私もそこに行けば会える。

でも、魔法を知らない。だったら勝手に学んでしまおう。

寝る時間も惜しまず、今まで関心を向けていたものを捨て、ただただ同じ場所に行くために魔法を学んだ。
——時に戦場へ赴いた。
強い敵はいないのかと、実践こそ最高の学ぶ場所だと。
——時に背中を追った。
やはり、強い人の強い根拠を見た方が勉強になるから。
そうして、いつしか戦場そのものを動かしてしまった。
己の込めた願望《まほう》が、数多の敵を倒してしまった。
そして、レティは——
「かつて、その腕で大陸を割った獣がいたそうな」
レティの腕が肥大化する。
一回り、二回りどころの話ではない、巨腕。
「そんな猛獣が振るった腕は、はてさて人の手で止められるでしょうか♪」
カルラに向かって振るわれた剛腕。
薄い膜が張られた観客席を抉るほどのパワーは的確に体を捉えようとする。
しかし、カルラは腕を振って舞い始めた。
「1《アン》」
レティの立っていた足場が崩れる。

そのせいで体勢が変わり腕の軌道が逸れ、生じた突風がカルラの髪を揺らした。

「2《ドゥ》」

腕はやめて、ステップを踏む。

薄い膜から巨大な津波が現れ、カルラ達ごと呑み込まんと襲い掛かった。

「チッ、女の子達だけの空間でスケスケイベントとかいらねぇでしょうに！」

レティの剛腕が華奢なものへと変わり、今度は紅蓮の翼が背中から生える。

巻き込まれないよう高く飛び、膜と津波から距離を取った——が、

「あ？」

レティは己の足の裏に一本の糸が付着しているのに気づく。

細く、黒い糸。

それは波の中から伸びており、異様な雰囲気を醸し出していた。

そして、少し波が引いた中から顔を覗かせたカルラが獰猛に笑う。

「3《トロワ》」

舞台に立っていないはずなのに。

レティの全身から力が抜け、そのまま地面へと落下する。

（おっと）

全身の筋肉が動かせない。

しかし、すぐにレティの体が万全のものへと戻る。

「今のちょっとびっくりしたんですけどー!? え、舞台に立ってないと効果がないんじゃなかったでしたっけ!?」

「私が欠点をそのままにしておくわけないでしょ。普通に補う方法ぐらいは考えてあるわよ」

カルラの魔法のデメリットは、舞台上でしか効果が発揮されないことだ。

せっかく3《トロワ》まで踏めたとしても、相手が舞台に立っていないと伝達信号を止めることはできない。

しかし、自分の魔法は舞台に接しているかどうかで立っているかどうかの認識をする。

つまりは、足の裏に舞台が少しでも触れていれば、立っているという認識がされるのだ。

「……まぁ、いいですけど」

レティは翼を生み出し、強引に横へ薙ぐ。

ゆっくりステップを踏んだカルラの横に炎の壁ができ、行く手を阻んだ。

「でも、決め手に欠けてる時点で意味ねぇんですよ!」

ゆっくりと、レティの体が変わっていく。

華奢な少女の体などどこにもなく、三メートルは優に超える巨体へと変貌する。

薄桃色と漆黒が入り混ざった体毛。口から飛び出た咆哮。

四足歩行で立っているだけだというのに、足がすくんでしまうような威圧感がある。

「あなたと私の相性は昔から最悪でしたよねッ！　私は死なない！　一撃で殺さない限り！　あなたの必殺は少し時間がかかる！　その時点で、私を殺し切ることなんてできねぇんですよぉぉぉぉぉぉぉぉぉぉぉぉぉぉぉぉぉぉぉぉぉっ！！」

そう、カルラの必殺にはラグがある。

相手の心臓を止め、死に至らせるが、即殺ではない。

だからこそ、レティの言う通り決め手に欠ける。

その時点で、一撃の威力が明らかに上なレティの方が優勢――

「確かにそうね……でも、よ」

カルラは笑う。

こう、宣言して。

「私、あなたの願望分かったんだけど？」

――その瞬間、レティの右半身が抉られ吹き飛んだ。

「な、にが……ッ⁉」

抉られた右半身。

それを見て、思わずレティは目を丸くする。

この巨体は、見た目同様、ちょっとやそこらの攻撃で傷つけられるようなヤワな体はしていない。

強靭で、強大で、なおかつ俊敏。レティが本気を出す際に最も使い慣れた肉体《データ》。

にもかかわらず、だ。

ごっそりと持っていかれた。目の前の女は何一つとして動いていないのにッッッ――!!

「言ったでしょ、もう願望が分かっちゃったって」

カルラは優雅に、見蕩れるような姿で、踊り続ける。

「あなたも馬鹿よね。行動指針とセリフが安易に繋がりすぎ……そんなんじゃ、私じゃなくても道端で出会った子供にだってバレるわよ」

何を言っているか分からない。

というより、自動の再現が機能していないッ。

「あなたの願望《まほう》は、モノマネの延長線上」

自分の体が動かないにもかかわらず、カルラの攻撃はやって来る。

黒い剣が体を突き刺し、徐々に下に敷かれた魔力の膜が自分の体を侵食し始める。

「要するに『好かれるために相手の理想に成ろう』ってことでしょ? 物は形から……なんてよく言うけど、あまりにも安直だと思うわ」

願望は水源。

溢れる水を確実にせき止めるには、元を絶ってしまえばいい。

願望を加えた魔法は既存の魔法よりかは強力である反面、知られてしまえばお終いな弱点が存在してしまう。

水源が分かれば、止める方法など無数に思いつかれるから。

それが知られてしまった時点で、魔法士は――

「その願望を落とし込み、データとして保存する。変態というよりかは上書きよね？　それで、あなたの自動《オート》はデータにないノイズが入れば反応するってだけの簡単なもの」

「は……？　だ、だったら、どうだって言うんです⁉」

「だったら、ノイズが違和感のないものだって認識させればいいだけでしょ？　そんなの、脳に送られる伝達信号を弄ればいとも容易く解決するわけなのだけれど？」

カルラの魔法のステップは、何も相手の筋肉操作の強制停止だけではない。

元より、脳に送られる伝達信号の操作。

魔法は体内の魔力を使用して事象を起こすが、あくまで発動させているのは脳だ。

脳にすべてが詰まっており、「やりたい」という意思をもって初めて、魔力が魔法を生み出してくれる。

ならば、脳に送られる伝達信号を操作してしまえばいい。

具体的には、これから書き換えられる肉体が異常のないものとして判断させるとか――

（なんなんですか、こいつッッッ！！！）

体に走る、確かな痛み。

苦痛には慣れっこだが、今レティの頭を支配している恐怖は、まったくの別物。

――すべてを暴かれた、剥き出しの自分を見られている恐怖。

カルラのステップは、終わっていない。

『3』《トロワ》が踏まれて以降、まだ止まっていない。

つまるところ、レティがなんとかしなければ自分は為す術なく殺されてしまう。

「ふ、ざけ……」

残った半身にある目に剣が刺さる。

それでも、獣は吠えた。

「ふざけんなよクソがぁぁぁぁぁぁぁぁぁぁぁぁぁぁぁぁぁぁぁぁぁぁぁぁぁぁぁぁぁぁッッッ！！！」

吠えて、剣が刺さったまま、突貫する。

体の修復は行われていない。それでも、踏み締めただけで地面を砕いてしまう足を向ければ、あんな華奢な体など容易く壊せる。

だからこそ、これ以上好き勝手されないためにもレティは、カルラを殺すことだけを考えた。

しかし――

「だから言ったでしょう？」

ゴリッ、と。

地を駆けていたはずの残りの足が消える。

「あなたの願望《まほう》は分かったって」

もしも、レティが己の言動に注意していれば、このような呆気《あっけ》ない話はなかったかもしれない。

最年少。魔法を学んで二年ほど。

この異例とも言える経歴が、経験不足を促す仇となってしまった。

「……気持ちは分かるわよ」

レティの体が、幼い少女のものへと変わる。

腕や足に刺されたような痕が残り、服には血が滲んでいる。

図体が大きかったからこそ、元に戻った際の傷はまだ少なかったのだろう。

「英雄《クロ》はかっこいいわ、私だって惚れてるもの。だからきっと、実際に助けられた人からしてみれば執着してしまうほど眩しいんでしょうね」

だけど、と。

カルラは倒れるレティに向かって――

「やっていいことと悪いことの分別ぐらいはつけなさいよ、大馬鹿者《ガキんちょ》」

レティの頬に涙が伝う。

(い、嫌だ……)

体を起こし、後退るように目の前の女性《カルラ》に向かって首を振る。

(嫌だッッッ！！！)

死ぬことは怖くない。

痛いのも怖くない。

ただ、執着している彼に殺されるのではなく、こんな女に殺されるのだけは嫌だ。

自分がなんのためにここまでしたと思っている？

ただ、英雄《ヒーロー》に自分を見てほしかっただけなのに。

――レティはまだ幼い。

感情の思うがままに、善にも悪にも転がってしまうような子供。

ある意味子供の我儘だけで、今ここまで上り詰めてきた。

故に、成し遂げられなかった絶望は計り知れない。

「ぜっ、たいに死ねない……ッ」

死んでたまるか。

「執拗に、執着……私は、愛と恋に盲目で胴欲な執着勢だクソがァァァァァァァァァァァァ

アアア
アアアアアアアアアアアアアアアアアアアアアアアアアアアアッッッ！！！」

そんな思いが、レティの足を動かした。

背中を向け、ただの子供の足で恐怖の舞台《エリア》の外へと走る。

「舞台はこれにて閉幕」

しかし——

「あとは躾の悪い子に反省会《おしおき》しなきゃ」

ド、ガガガガガガガガガガガガガガガガガガガガガガガッッッ！！！　と。

ただの少女となってしまったレティに向かって、逆らうことのできない暴力が襲い掛かった。

◆◆◆

もう、自分の願望は叶えられない。

こんなことのために使う魔法ではなかった。

でも、こんなことがあるから——ヴェントは、こんな時に使用する。

「僕の魔法は点と線」

瞬きの間に、ヴェントの体が消える。

そして、クロの右側面へといつの間にか姿を現し、徐に両手を腕に添えた。

すると――

「兄様⁉」
・・・・・・クロの腕ごと、ヴェントの体がまたしても消える。
「……………」

「顔色一つ変えない、か」

ヴェントは再び元の位置に戻り、クロの腕を回して遊ぶ。

アイリスの声を無視して、その姿を見て、クロは言葉通り顔色一つ変えない。

「まぁ、こんな土の塊をもぎ取ったところで、本当に驚くに値しないんだろうけど」

握り潰す。

出てきたのは血ではなく……少しだけ固まった土の塊。

――土人形。

つまり、クロの本体はそもそもこの場には現れていない。

「……まったく、どこから想定されていたことやら」

ヴェントは徐に空いた穴を見上げる。

そこから、一人の青年が真っ逆さまに降りてきた。

「せっかくの最終局面《クライマックス》なんだ、初めから顔でも出してくれればいいのに」

「手のうちも分からねぇ野郎の前に、無策で突っ込むわけねぇだろうが」

――相手は初見。

ただし、向こうは自分の情報をある程度掴んでいるかもしれない。

だからこそ、考えろ。

(少ない情報で……)

すべてを想定する。

それこそが、魔法士だ。

頭上から降りたクロは腕を横に振るう。

腕のリーチでは相手に届かない距離。しかし、伸びているのは砂鉄の塊。

ヴェントは姿を消し、改めてクロの背後へと現れて腕を添え――

「ッ!?」

――ようとした手が反射的に跳ねた。

手にはやすりにでも擦られたようなボロボロになった皮膚が見て取れる。

「……なるほど、砂鉄に微細な振動をさせて触れられないようにしたのか」

「正解」

クロはそのまま驚くヴェントへと拳を叩きつける。

間には防御が間に合ったヴェントの腕が入ったが、砂鉄のヤスリが服と腕を削り、血を滲ませた。

「正解か不正解かはまだ判断材料が足りないが……」

クロは砂鉄を纏わせた体のまま、一歩を踏み出す。

「瞬間移動の類いか？　恐らく、移動する際に座標を移すことで物体の位置を変えている」

――読みは正しい。

点。ヴェントの魔法は空間を座標として定義し、それぞれの点を移動させることで場所の移動を可能としている。

本人からしてみれば、ただ図面上の点をスライドさせただけ。しかし、他者からしてみればまるで消えたかのように映る。

「自分が点として機能しているのであれば、他を移動させる際には点を新たに増やさないといけない。きっと、目視だけでは無理なんだろう……何かしらの制約があるはず」

「その制約は？」

「・・・触れること、もしくは重量の制限か？　そうじゃなかったら、背後に回って触れなくても目視で必殺を叩き込めばよかったんだ」

「……正解」

ヴェントの姿が消える。

背後に……消えたわけではない。再び元の位置に戻ってくると、手にはいつの間にか小さなナイフが握られていた。

「なるほど、僕は見誤っていたわけだ。君の強さは決して魔法の強弱ってわけじゃない」

ゆっくりと、ヴェントはしゃがんで下の石を掴み取る。

「洞察力、これに尽きるね」

消える。姿が。

どこに現れる？　そうクロの意識が傾いた瞬間、視界の端に何かを捉えた。

反射的に放ってしまった裏拳。

捉えたのは、ヴェントが握っていた小さな石ころ。

「せっかく今度は堂々とやって来たんだ」

少し遅れて正面に現れたヴェント。

――カモフラージュ。

ラグこそ発生したものの、捉えられない相手と相対した際に生じる意識の隙を突いた攻撃。

ヴェントのナイフはクロの瞳を捉えるために振るわれたが、寸前で顔を逸らされる。

しかし、遅れた分の被害が頬に伝い……一筋の赤い液体が流れ落ちた。

「……今度は本物みたいだね」

「お前がやって来いって言ったからな」

クロは咄嗟にヴェントの腕を掴むが、ヴェントは再び移動して距離を取った。

頬に走る赤い液体を拭い、ヴェントを見据えて思った。

(厄介だな……)

──見た目に派手さはない。

どこか被害を気にしているようにも見受けられるが、そういったレベルの話ではない。

点での移動がある限り、クロが直接的に相手の体を拘束することはできないだろう。

勝利を考えるのであれば、一撃で再起不能にして戦闘不能にすること。

部位の損傷は砂鉄を纏うことでカバーできた。

(それだけなら容易)

一撃で再起不能にするなど、戦場を動かすクロであれば簡単な話だ。

──地鳴りがクロを中心に響き渡る。これから何が起こるのか？　ヴェントやアイリスでさえ、よくも分からない猛威の予兆が聞こえてくる。

しかし──

「言ったでしょ、僕の魔法は点と線」

その前に、ヴェントが珍しく声を張り上げた。

「頭を下げろ、アイリス・ブライゼルッ！！」

よく分からなかった。

何故、ヴェントがアイリスに向かって言ったのか？

だが、脳内に響いた警報が咄嗟にアイリスと……コンマ数秒遅れてクロの頭を下げさせる。

すると、

「……は？」

ゴトッ、と。

落ちた。

鉄格子や瓦礫。そして、少し下げるのが遅れたクロの腕ですら。

「線は点の直線上」

真っ赤な液体の飛沫が舞う中、ヴェントは手を振って笑った。

「コンマ数ミリとはいえ、途中で線がなくなれば繋がっていたものは切れるよね」

魔法に際限はない。

ごく一般的なありふれた魔法ですら、使い方、過程の変更によって大きく事象が変わる。

——目の前で起こっていることを自分の認識だけで当て嵌めるのは危険だ。

安易な決めつけが、自分の足枷になることがある。

ただ、それは「やろう」と思ってできるものではないのは言わずもがな。

例えば、近くに這っている生き物の見た目がネズミのような形をしていて、それを「ネズミじゃない何か」と認識するのは難しい。

特に膨大な情報量が飛び交い、一つの失敗も許されない緊迫した戦闘の最中だと、なおさらだ。

つまり、何が言いたいのかというと――

「ばッ⁉」

――ヴェントの頬に拳が突き刺さった。

絶対に捕まらない魔法を有するヴェントが、ただの拳を喰らったのだ。

大量に血飛沫を上げる、クロの残った方の拳を。

(あり得ない……ッ！)

ヴェントは大きく仰け反りながら、歯噛みする。

(たとえ即死じゃない傷だったとしても、その出血量だったらまともに動くことなんてできないッ！)

加えて、腕が一本切り落とされたのだ。

痛みに慣れているとはいえ、ダメージ前提で魔法を組んでいるレティでなければ、顔色一つ変えないのはあり得ない。

痛みによって動きが鈍り、まずは止血しようとするはず。

しかし、頬に喰らった一撃は力の籠ったかなり重たいもの。

(何故ッ⁉)

一体、何が――

「…………ぁ」

ヴェントは見ている。

赤い液体を撒き散らしながらも立っている、クロの姿を。

「まさ、か」

ただし、出血量を気にせず。

落ちた腕は粉々になって崩れており。

「最初から顔すら出ていな――」

地面が唐突にヴェントの体ごと押し上がった。

◆　◆　◆

この場で一人、アイリスだけは違和感に気づいていた。

「……わざと、残した」

ヴェントのあの掛け声。

咄嗟に頭を落とした自分より少し遅れて下げた体。

しかし、クロであれば……自分とまともに戦闘できた兄が、咄嗟に遅れることなどあり得ないはず。

つまり、あの動作は誘ったという証。

捕まえられない相手の油断を誘った動作そのもの。

(兄様……あなたはどこまで想定しているのです？)

震える。

初見の敵を相手に、数多ほどの可能性を考慮して行動を起こしてみせた想定の多さに。

そうでなければ、二体目の土塊を登場させる必要もなかっただろう。

もしかすれば、ナイフで頬を切られたことも、ちゃんと人間だと誤認識を与えるためなのかもしれな――

「ですが、何故……血はちゃんと出ていました」

クロが見せた魔法は、ゴーレムの完成度を高めた土人形のはず。

だから、液体が飛び出ることなどあり得ないのに。

「……水」

そう考えていると、唐突に横から声が聞こえてきた。

ヴェントが天井を突き破って押し上げられ、牢屋の中だけが残ったこの場所で、新しい声が生まれる。

アイリスは横を見ると、フラフラと立ち上がるミナの姿があった。

「起きていたのですね」

「さっき、目が覚めました……」

まだ頭が回っていないのだろう。

額を押さえ、ゆっくりと視線を向ける。

「今のは、恐らく土人形の中に水を含めただけです」

「ですが、色は赤でしたよ？」

「……色など、容易に変えられます。それこそ土を混ぜれば茶色になりますし、赤色など薔薇の花弁をすり潰せば着色できます」

もちろん、中身が水であれば頑丈さに支障が出る。

人は骨で形を維持しているが、土人形にそれはない。土の塊として圧縮させているからこそ維持ができている。

そのため、中に水を入れるとなると維持が不安定になってしまうのは言わずもがな。

つまり――

「……落とした腕の部分。ではないですね、恐らく頭部と胸部に着色した液体を入れていたんだと思います」

――すべては、一人を騙すために。

綿密に考えられた想定通りに動くために、相手の誤認を促した。

「……流石は兄様、ですね」

アイリスはほんのりと染まった頬を見せ、ミナを見上げる。

「起きられたのであれば、手伝ってください」

「何を、されるんですか？」

決まっている。

アイリスは真っ直ぐに言い放った。

「ここから、この場にいる者を連れて兄様の邪魔にならない安全圏に向かいます。なので、まずはこの地下から出ることですね」

――兄は兄のできることをしている。

手を煩わせるわけにはいかない。

英雄《ヒーロー》の妹として、自分ができることをしなければ。

「どうせ……」

アイリスは周囲で寝ている子供達の姿を一瞥する。

「どうせ、逃げ道ぐらいは用意しているでしょう。何せ、彼に殺す気などありませんから」

一方で、地面を押し上げられたヴェントは内心で焦っていた。

（クソッ、マズい……ッ！）

隙間のない、地面と天井の圧迫。

地面の勢いが強いせいで先程から天井を抉って進んでいるが、中に挟まれた者などたまったものではない。

——ヴェントの魔法は座標の移動。

しかし、それはあくまで点を正確に認識しなければならないもの。

（こんなに押し上げられている中で、自分が今どこにいるのかなんて分かるわけがない……ッ！）

強烈な圧迫。

魔力で体を強化していなければ、体が潰されてしまいそうになるほど。

だが、それもすぐに終わった。

「ばッ⁉」

——天井がなくなったのだ。

ヴェントの体は、ついに地上へと跳ね上げられる。

視界に映ったのは、夜空に浮かぶ綺麗な月。

そして、落下の際に見えた地上には——

「さぁ、正真正銘の最終局面《クライマックス》だ」

悠々と土の玉座に座って待ち構える、英雄《クロ》の姿があった。

◆◆◆

否定したかった。

自分の身に起きた悲劇は、決して自分達が最悪な不幸に偶然遭ったわけじゃないと。

きっと他の皆も、同じような目に遭えば同じような結末を辿るのだろう、と。

そうすればいつか、自分があの世で彼らに会った時に「災難だったね」と言えるから。

……いや、そんな綺麗なものじゃない。

許せないのだ、自分が。自分だけ間に合ってくれなかったという不幸が、許容できなかった。

だって、そうじゃないか。

自分達だけが最悪な不幸だったなんて……あまりにも、報われないじゃないか。

(だから、僕は……ッ！)

否定したい。

目の前の『誰かを助ける』ために存在している英雄《ヒーロー》を。

投げ出される体。襲ってくる浮遊感。

高いのは高い……が、そもそも座標を移動できるヴェントにとって落下は意味を成さない。

ただし――

「着地なんてさせねぇよ」

地面がしっかりと踏めるものであれば、だ。

クロの背後から突如吹き上がる溶岩。それらがゆっくりと地面へと流れていく。

自身の生み出した魔法なら、いくら事象であっても元の魔力が同じであれば影響は受けない。

クロの足元に広がろうが関係ないのはそういうこと。

とはいえ、関係ないのはあくまでクロだけだ。

(……なるほど)

いくら瞬間移動ができるといっても、魔法を発動していない間は重力の影響によって足をつけなければならない。

熱が伝導するよりも早く移動すればそもそも問題はないのだが、それはあくまで問題を先延ばしにしているだけ。

――森が焼けて、溶ける。

ヴェントは咄嗟に木の上に座標をスライドさせ移動したが、これも同じように時間の問題。

（……いいや、問題ない）

それなら、溶岩から離れて安全地帯から攻撃すればいい。

ヴェントは遠距離での攻撃スタイルを持っていないわけではない。範囲が広くなってしまうために滅多に使用はしないが、自分には座標上の線を削る方法がある。

（問題なのは、今回もまた本物かどうかって話だけど）

度重なるフェイク。

それによって、ヴェントの警戒心が引き上がっている。

（だったら何度も潰せばいい！　すべてが偽物だっていう前提でご――）

その時だった。

「『遊人達の楽園《ワンダーランド》』」

――景色が変わったのは。

「……は？」

驚かずにはいられない。

当たり前だ、夜の森が一気にファンシーなものへと変わったのだから。

自分の足場にしていた木はいつの間にか丸い渦の模様が描かれたキャンディーに変わっているし、ピンク色の空にはカラフルな鳥、地面にはパレードでもしているのか様々な動物が行進していた。

「似合わないだろ？」

　行進の中心地。

　猿達に担がれた玉座にて、クロは苦笑いを浮かべる。

「本当はあんまり使いたくないんだよ、キャラに合わないからさ。だが、これならお前の魔法は封じられるはず。天井に圧し潰されている間に抜け出せなかった時点で、お前の魔法は『座標を正確に認識していないと発動できない』欠点付きだって分かったからな」

　ヴェントは思わず唇を噛み締める。

　この行動が、クロの言葉を肯定していた。

「ファンシーだからって油断すんなよ？」

　獰猛《どうもう》に、空間に似合わない笑みをクロは浮かべる。

「この魔法は、俺の原点なんだからさ」

　ヴェントは知る由もない。

　これがただ一人……たった一人の女の子を笑わせたかっただけのために作った魔法であることを。

　魔法の「ま」の字も知らなかった少年は、絶望の底に沈んでいた少女に笑ってほしかった。

　結局、魔法を完成させる前に笑ってくれたために見せることはできなかったが、それでも願望《まほう》の原点。

自分は、この願いがあったからこそ魔法士になったのだ――

「さぁ、籠の中が寂しくないようファンシーな生き物で彩ってやろう」

「ッ⁉」

自分の常識外の空間。それによって転移が封じられたヴェントへ、滑空してきた鳥が向かってくる。

それを首を捻ってヴェントは回避した。

「な、んだよ……この魔法は……ッ！」

飛んできた飴の持ち手が足場に突き刺さり、ヴェントごと地面へ薙ぎ倒される。

そして、今度はそこへ――動物の群れがやって来た。

種類は様々。しかし、そのどれもがヴェントの体を優に超える。

「ばッ、ごッ⁉」

ただの突進。ただの群れの移動。巻き込まれたヴェントの体が、何度も跳ねては当たり続ける。

「ふ、ふざ……ッ！」

少しの時間が経って吹き飛ばされたヴェント。

体には至るところに打撲の痕があり、額からは血が流れてきている。

「ふざけるなァァァァァァァァァァァァァァァァァァァァ

アアッッ！！！」

ヴェントは大きな紐を引っ張るかのように腕を引く。

すると、群れの動物の胴体がコンマ数ミリが消え去った。

――線。

本来であれば、これで胴体からは血飛沫が上がり、生き物の命など余裕で刈り取れる。

だが、あくまでここはクロの創り上げた空間。

そこから生まれた動物に、まともな命があるわけがない。

切られてもなお、切られていないかのように勢いを止めない。

「僕達だけが特別な不幸だなんて認めないぃッ！」

弾き飛ばされた。

地面を何度もバウンドし、さらにボロボロになるも、体を上げる。

正面からは、動物の群れ。注視していると、肩に滑空してきた鳥のくちばしが突き刺さる。

それでも、ヴェントは線を引き続けた。

「あぁ、分かっている！　僕がやっていることは単なる自己満足で身勝手で愚鈍なことだッ！」

だけど、認めたくなくて。認めてほしくなくて。

自分が救われなかったというのに、他人が救われるのが許せなくて。

だからこそ、否定したかった――

「最悪な不幸を覆してみろよ、英雄《ヒーロー》！　そうして名も知らない誰かを救ってみろよぉぉぉおおおおおおおおおおおおおおおおおおおおおおおおおおおおッ
ッツ――！！」

そして、

「否定してやるよ、クソ野郎」

ゴッッッ――！！　と。

ヴェントの脳天に鈍い音が炸裂した。

「否定したいんなら、自分が知らない誰かの笑顔を守ってみろ。そうすれば、少なくともこれからは最悪な不幸はなくなるだろうよ」

薄れいく意識の中。

ヴェントはぼやけた視界の中で、大きな槌を担いでいる英雄《ヒーロー》の姿を見た。

（あぁ、ちくしょう……）

自分が焦がれ、願い、差し伸べてほしかった相手。

どうしてか、ハッキリと……クロの姿こそが求めていた相手なのだと、思ってしまった。

（ほ、んと……クソ野郎だな、僕は）

――意識が途絶える。

もう、動く気配は感じられない。

その姿を見て、クロは吐き捨てるように口にする。

「子供達を殺す気もない悪党に、俺が負けるわけねぇだろ」

こうして、一つの戦いが無事に幕を下ろす。

誰かの笑顔を守りたいと願う、英雄《ヒーロー》の勝利によって。

第九章　戦いが終わって

目を開けると、夜空が広がっていた。

どこか焦げ臭い匂いが充満しているのは、恐らくクロが溶岩を広げた際に、森が焼けたからだろう。

自分が大の字になって寝ているると自覚するのに、さして時間はかからなかった。

ヴェントは何度か瞬きをしたあと、徐に口を開いた。

「……殺さなかったんだ」

「殺すわけねぇだろ」

横には胡坐をかいて座るクロの姿。

「別に誰かを殺したわけでもないしな。王国の法律に則ったって、どんなに重たかろうが禁固刑だ」

「にしては、随分と楽な格好をさせてもらっているけどね」

「お前の魔法があれば、鎖に繋いだって意味がないだろ？　っていうか、そもそも俺はロープを持ってない」

ヴェントの魔法は点と線。

一瞬にして座標を移動できる相手に、縛るなんて行為はそもそも意味がない。

鎖を引き千切られて別の場所に移動されるのがオチ。

つまるところ、魔力封じの枷を付けない限りヴェントを捕まえることなど不可能なのだ。

ただ――

「……まぁ、今更逃げる気なんてないよ」

大の字に寝転がったまま、ヴェントは口にする。

「もういいさ、気は晴れた……わけじゃないけど、現実を思い知らされたよ。要するに、僕が行動するかしないかの問題だったって話だ」

どこか清々しそうな顔を見せる。

結局、ヴェントが一件を引き起こしたのは単なる過去の否定。

不幸ではあったが、自分だけが最悪な不幸ではなかったのだと。単にそれを証明したいがための行動。

結局、英雄《ヒーロー》は現れた。

そして、悪党は倒された。

――そういう結末。

自分達だけが最悪な不幸だったというわけで、世界は意外と救いのある方へ回っていく。

「……人質は、結局殺さなかったんだな」

「殺す必要もないからね。僕は君を倒して最悪な不幸が自分だけじゃなかったって、証明したかっただけだし」

だからこそ、レティの話に乗っかってこんな英雄のいる場所を選んだのだろう。

そして否定されてしまった今、自分がこれ以上何かをすることはない。

クロは「よく分からん話だ」と、決して相容れない感情を覚えた。

その時——

「あら、一足遅かった感じ?」

ザクリと、焦げた地面を踏み締めてカルラが現れる。

肩には小柄な少女が抱えられており、その少女を見てクロは思わず目を丸くした。

「い、生きてたのか……そいつ?」

「僕の協力者だからね」

「普通に悪党側《そっち》に回ってたわよ。傍迷惑に喧嘩売ってきたから、普通に躾した」

だから気を失っているのだろう。

先程からぐったりとしており、ピクリとも動く気配がない。

「彼女もやられたのか……どれだけ化け物なんだ、君達は」

「誰、こいつ?」

「え、黒幕」

「なら一発ぶん殴ってもいいのよね？」

「待て待て待て、流石にこれ以上は鞭に鞭すぎる」

逃げる気もない人間に更なる追い打ち。

カルラの中ではどうやら少し溜まっていたみたいで、クロは慌てて間に入って仲裁した。

すると――

「あ、に、さ、ま～！」

「ふぐっ⁉」

徐に横っ腹に何かが襲い掛かった。

タックルというか突進というか。どこか聞き覚えしかない声と受け慣れている感触に、クロは思わず変な声が出てしまう。

「ア、アイリス……大丈夫か？　その、怪我とか――」

「あぁ、兄様の雄姿が見られて私の胸は先程から高鳴ってばかりです！　どうしてこうも兄様は魅力的なのでしょうか⁉　ただ現れてくれただけで、私はさながら塔に閉じ込められたお姫様のような気持ちになってしまいます。感激で今日は眠れません寝かせませんっ！」

「……兄は元気な様子に喜ぶべきなのか、空気読めない部分に嘆けばいいのか分からないよ」

どこまでいってもマイペースな妹であった。

「あ、あの……先生」

その後ろから、おずおずと今度はミナが現れる。

どこか息も荒く、服には土で汚れたような箇所があった。

「その、お怪我とかないのでしょうか？」

「ん？　俺は大丈夫だが……ミナの方は大丈夫なのか？」

「は、はいっ！　一応、気を失っていただけで特にこれといった外傷はありません！」

ならよかったと、クロだけでなくカルラも胸を撫で下ろす。

やはり、生徒であり妹だからか？　これでもし、ミナに傷一つでもあれば、第一王女の姫君は黒幕に対して容赦のない仕打ちをしたに違いない。

「それと、地下にいた人達は地上に連れ出しました。皆さん、私と同じで外傷とかもなく寝ているだけなので特段心配するようなことはないかと」

「流石だな、ミナ。偉いぞ」

「……えへへっ」

「兄様！　私も頑張りました！　というより、怪我の多さと頑張り具合いは私の方が上ですので、更なる労いを要求します！」

「なんか厚かましいからやだ」

「そんなっ⁉」

激しくショックを受けたような、絶望めいた顔をするアイリス。

とはいえ、クロもアイリスが一番頑張っていたのを知っている。家に帰ったら何か要望でも聞いてやるかと、さり気なく胸に抱き着く妹の頭を撫でた。

「あっ、そういえば私……兄様に言いたいことがありました」

「わ、私も！　先生とカルラお姉様に伝えたいことがあります！」

なんだろう？　改めて何かを言おうとする二人に、クロとカルラは首を傾げる。

そして――

「ありがとうございます、兄様。私達を助けてくれて」

「ありがとうございます、カルラお姉様、先生っ！」

ただのお礼。

そんなに畏まって言う話でもないような気がする。

カルラとクロは互いに目を合わせ、少しして思わず吹き出してしまう。

クロは、二人に向かって笑みを浮かべたまま、

「ははっ、馬鹿だな。妹と生徒を助けるのなんて当たり前だろ……それが、先生でお兄ちゃんだからな」

人攫い、復讐劇、執着者の演出。

それらは月明かりの下で行われ、無事に幕を下ろす。

最後にはしっかりと、守りたい者の笑顔が見られ――クロは此度も、己の願望を貫き通したのであった。

エピローグ

——あれから二週間。

結局、一連の誘拐事件の首謀者であるヴェントは禁固二十年が言い渡された。

人質は全員無事。ただ、あまりにも規模が大きいため、長い年数を課せられた形だ。

ただ、攫った子供達の中には所謂《いわゆる》「貧困層」の人間もおり、ヴェントに攫われてからマシな生活を送れたという声が挙がった。そのおかげで、減刑を求める子供達も何人か現れたそうな。

それともう一つ。

レティについては、事件に関与したとして魔法士団の席を剥奪、禁固十年を言い渡されたそう。

魔法士団に属していた人間を閉じ込めることができるのか？　なんて思う人もいるかもしれないが、魔力封じの枷をつけられるため、レティほどの実力を持っている人間でも容易に脱獄などできない。これはヴェントにも言えることだ。

——そして、長きに渡った誘拐事件はこれにて閉幕。

臨海授業も終わり、アカデミーでは平和な日々が再び訪れていた——

「はい、兄様……あーん、でございます♪」

生徒会長室、そこにあるソファーにて。

ご満悦な表情を浮かべる美少女が、やつれた男の膝に乗っかり、切り分けた林檎を口元に差し出していた。

「毎度言うが、妹よ……一人で食べられるものを二人の共同作業にするって、凄く効率が悪いと思うんだが」

「あら、効率より愛情だと思います。スキンシップが増える度、妹は幸せになる生き物なのです♪」

はぁ、と。クロは大きなため息をつく。

それでも差し出された林檎を頰張るのは、ひとえに妹のやりたいことを尊重しているからだろう。

なんだかんだ、妹想いの兄である。

「それより兄様」

もう一切れの林檎を手に取り、アイリスは口にする。

「最近、またしても兄様の噂が広がっているようです」

「あ？　また？」

就任当初もかなり噂されており、あれから日にちが経っているにもかかわらず、また何か噂されているようだ。

どれだけ俺は話題沸騰要員なんだと、クロは首を傾げる。

「なんでも、島での一件がいまさらになって広がったみたいでして」

「あー、あれなー」

「薄暗い空間の中、閉じ込められている人間を救うべく颯爽と現れ、圧倒的な実力で相手を見事に撃破してみせた……そんな英雄譚が広まっています」

「ちょっと待て、あの場で起きてたのお前だけだろ⁉」

ミナは途中から目を覚ました。

他の生徒は全員施設の中にいたため、クロの勇姿を見ているのは一人だけ。

つまり――

「本当に、一体どこの誰が噂を広めたのやら……」

「膝に乗っているお嬢さんの胸のうちに、絶対心当たりがあると思うんだ……ッ!」

しらばっくれる妹。

端麗すぎる顔には、何やら楽しそうな笑みが浮かんでいた。

「まぁまぁ、落ち着いてください。兄様もこれでアカデミーの人気者の一人……教師生活も、随分と楽になるのではありませんか？」

「……人気者になったらサボれんだろ、阿呆」

初めはある程度ちゃんとやって、慣れてきた頃を見計らってサボる。

そういう計画を頭に思い描いていたのだが、人気者になれば視線も増えてサボりにくくなる。

わざとやっているのだろうか？　なんて思わずにはいられないクロ。

最愛の妹に向かって、容赦のないジト目を向けた。

「はぁ……俺の自堕落ライフが遠のいている気がするよ」

「ふふっ、兄様のかっこいいお姿が見られて、可愛い妹は大満足です」

本当に、と。

アイリスはクロの頬にそっと手を添えた。

「あの時も、今も、これからも……兄様はずっと、私のお慕いする兄様です」

柔らかく、どこか熱っぽい瞳。

それが大人びて見え、クロは思わず妹相手に胸を高鳴らせてしまった。

その時、不意にチャイムが鳴り響く。

「さ、さぁ授業だ！　妹の信頼に応えるために、今日も労働だぞぅー！」

誤魔化すように勢いよく立ち上がったクロは、可笑しそうに笑うアイリスを無視して生徒会長室を飛び出した。

廊下をいそいそと歩き、いつの間にか顔に昇った熱をなんとか下げる。

そして、ようやく下がった頃には――一つの教室の前までやって来ていた。

もう一度鳴り響くチャイム。

クロは小さくため息を吐いて、気だるそうな雰囲気を醸し出しながら扉を開け――ようとした時、

「……先生」

ふと、横から声がかけられる。

そこには、綺麗な顔立ちながらも表情の乏しいルゥの姿があった。

「ん？　なんだ？　もう授業のチャイムが鳴ってんのに教室に入ってないとは……ははーん？　さては、ついに俺と同じサボりモードに入ったのか」

「……先生の授業でそれはない。他は考えるけど」

そうじゃなくて、と。ルゥはクロの袖を引っ張る。

そして――

「……家出した。だから、先生のお家に住まわせて？」

そんなことを、言ってきたのであった。

本書に対するご意見、ご感想をお寄せください。

あて先

〒162-8540 東京都新宿区東五軒町3-28
双葉社　モンスター文庫編集部
「楓原こうた」係／「カリマリカ先生」係
もしくは monster@futabasha.co.jp まで

王立《おうりつ》アカデミーの最強《さいきょう》で怠惰《たいだ》な魔法士《きょうし》～教師《きょうし》をすることになったクズ貴族《きぞく》、実《じつ》は最強魔法士団《さいきょうまほうしだん》の「英雄《えいゆう》」でした～①

Mか06-03

2025年4月30日　第1刷発行

著者　楓原《かえではら》こうた

発行者　島野浩二

発行所　株式会社双葉社
〒162-8540
東京都新宿区東五軒町3-28
電話　03-5261-4818(営業)
　　　03-5261-4851(編集)
https://www.futabasha.co.jp
(双葉社の書籍・コミック・ムックが買えます)

印刷・製本所　三晃印刷株式会社

フォーマットデザイン　ムシカゴグラフィクス

ISBN978-4-575-75343-1　C0193
Printed in Japan

王立アカデミーの最強で怠惰な魔法士《きょうし》
～教師をすることになったクズ貴族、実は最強魔法士団の「英雄」でした～
楓原こうた
illust カリマリカ
1
モンスター文庫

「……っていうわけだ。
今日の授業は近接戦を主軸とする
相手との立ち回りの仕方についてだ」
クロ・ブライゼル

カルラ・
キュースティー
アイリス・
ブライゼル

「やっと見つけましたよ、英雄様っ！」
「Oh……」
レティ・クラソン